昆明漫游记

一座城市一本书

# 昆明漫游记

何薇◎编

河海大学出版社
HOHAI UNIVERSITY PRESS
·南京·

图书在版编目（CIP）数据

昆明漫游记 / 何薇编. -- 南京 : 河海大学出版社, 2022.2

（一座城市一本书）

ISBN 978-7-5630-7263-7

Ⅰ. ①昆… Ⅱ. ①何… Ⅲ. ①中国文学－当代文学－作品综合集 Ⅳ. ①I217.1

中国版本图书馆CIP数据核字(2021)第231381号

丛 书 名 / 一座城市一本书
书　　名 / 昆明漫游记
KUNMING MANYOU JI
书　　号 / ISBN 978-7-5630-7263-7
责任编辑 / 毛积孝
特约编辑 / 杨雪天
特约校对 / 黎　红
装帧设计 / 刘昌凤
出版发行 / 河海大学出版社
地　　址 / 南京市西康路1号（邮编：210098）
电　　话 /（025）83737852（总编室）
/（025）83722833（营销部）
经　　销 / 全国新华书店
印　　刷 / 三河市元兴印务有限公司
开　　本 / 660毫米×960毫米　1/16
印　　张 / 14
字　　数 / 169千字
版　　次 / 2022年2月第1版
印　　次 / 2022年2月第1次印刷
定　　价 / 69.80元

# 一起去昆明

昆明，这一座位于我国西南地区的城市，虽然比不上“北上广深”的繁华，也不及南京、西安有那么多的文章流传。可，这里的春花秋月一点也不比其他地方少。

## 踏完历史的安定

昆明古迹众多。如位于昆明西南的滇池边上的大观楼，浓缩了古今中外园林之大观。大观楼长联更素有“天下第一长联”的美称。鸣凤山上的太和宫金殿，又名“铜瓦寺”，是中国现存最完好、规模最大的铜铸宫殿。可谓熠熠生辉，耀眼夺目。圆通寺，隐藏于闹市中的一座古老寺院，抹去了闹市的浮沉，给人的心灵带来一丝宁静。筇竹寺，中国佛教禅宗传入云南的第一座寺庙，地位不是一般的显要。“城南双塔高嵯峨，城北千山如涌波。”这里的“城南双塔”便是指昆明的东寺塔和西寺塔。还有滇中第一古祠——黑龙潭，位于昆明龙泉山下，院内有一清一浊两塘池水，有“黑水祠中三异木”——唐梅、宋柏、明茶。

……

朝代在这里更替，历史在这里翻篇。那些曾辉煌过的建筑慢慢失去了光芒，走下了“神坛”，但这并不意味着死亡。它们保存着历史的记忆，生命仍是这般的有力。不管无人问津，或是满身伤痕，就在那儿屹立着，立地成王，立地成史。这一片土地仍然深爱着它们，人流不停地涌来，透过现在遐想昔日的繁华。

侧耳聆听，每有风过时，你是否也听到了它们的喃喃细语？这是千百年来的历史回响，是文明始终向前延伸的象征。

## 风花雪月的浪漫

季候于昆明是没有多大意义的。这不过是让人们知道时间在不断流淌的证据罢了。无论是生机盎然的春夏，还是本该寒风凛冽的秋冬，这里总是一派明媚如光，郁郁葱葱。于是乎，对于“春城”二字，也就不必斤斤计较了，本就是名副其实。

在昆明，春日是溢满的。受印度洋西南暖湿气流的影响，这里夏无酷暑，冬无严寒，可谓四季如春。各种各样的花儿交替着花期，在这里轮番盛开。游人开始交谈、拍照，一簇一簇的鲜花扬着美丽的面容热情地招呼着。或许你并不能将这些花儿的名字都一一叫出，但这也并不影响花儿对我们观赏情趣的安抚。

碧绿的亚热带常绿阔叶林笼罩着这座城市，无数的常年盛开的鲜花簇拥着这座城市。这里始终有氤氲的芬芳和诱人的色彩，这里始终是无数人心中美好与希望的萌生地。也难怪文学大家汪曾祺曾说过“哪里有鲜花，就到哪里去”。

你不必去猜测这里的生活，但你可以期待一次美丽的邂逅。和心动的男孩或是女孩，在每一条街道，不管是喧闹的，还是寂静的，漫无目的，走走停停，可以到那西南联大旧址研习历史，可以在那滇池边上看西山日落，也可以在那文化巷里听关于沈从文、冰心等一代文豪的故事。累了饿了，就来一碗大大的过桥米线，相信定能抚慰你们饥肠辘辘的胃。

想到这里，只遗憾此时此刻，还未身在此城。

# 目录

## ㊀ 昆明古迹：百尺飞楼云际倚

目录

## 二 昆明山水：滇池霜浸碧鸡寒

目录

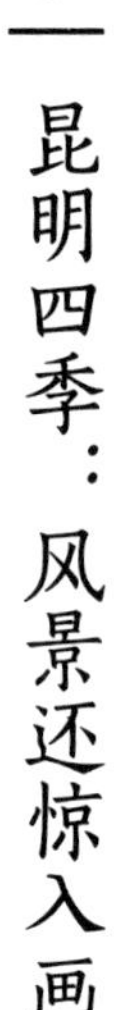

## 三 昆明四季：风景还惊入画看

# 目录

## ④ 昆明感怀：昆明好景在西畴

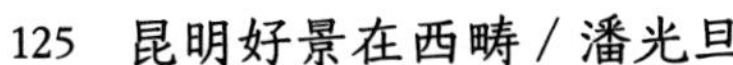

目录

## ⑤ 云南他景：寻古离城又一城

# ㊀ 昆明古迹：百尺飞楼云际倚

# 题筇竹寺壁

［元］郭松年

筇竹寺，在昆明西郊的玉案山上。诗人出使昆明，见此处风光如画，白云深处有古老寺庙，碧鸡山上笼罩着一层寒霜，真是十分惊喜。奈何由此北望，远在万里的大都，却全是一片战后的凋敝景象，让人不忍叹息。

南来作使驻征鞍，风景还惊入画看。
梵宇云埋筇竹老，滇池霜浸碧鸡寒。
兵威此日虽同轨，文德他年见舞干。
北望乌台犹万里，几回挥泪惜凋残。

# 华亭寺

［明］张纨

华亭寺，位于昆明西山华亭山腰，是云南规模较大的佛寺之一。本诗表达了诗人登华亭寺的感悟，用词清朗，表达出诗人对滇中美景的喜爱，对林海溪泉的向往。

行过松溪与世分，华亭楼阁映青云。
何当海阔天高处，长倚禅林作隐君。

# 登太华寺

[明] 张纨

太华寺，在昆明西山太华山上，建于元代，初名佛严寺。诗人写游太华寺的所见所感，借助对太华寺自然环境的描绘，把诗人对超然之物的追求与太华山之景融为一体，借景写心，抒发诗人此时超越凡尘俗世的心境。

太华嵯峨一望遥，到门犹碍过溪桥。
慈云长见阶前起，孽火都来海上消。
屋近树阴晴亦暗，砚涵竹露夜还潮。
从今剩买游山屐，野客无妨屡见招。

连日登山意未阑，今朝又宿白云间。
帘帏寂寂心初歇，星斗垂垂手可攀。
竹叶煮汤消夜渴，杏花留雨作春寒。
碧鸡且莫啼清晓，一枕华胥睡正安。

# 环翠宫记

［明］陈用宾

环翠宫，坐落于昆明鸣凤山半山腰上，俗称金殿。在本文中，作者对环翠宫修建的时间、经过以及形制等都一语带过，而将文章的重点着眼于修建环翠宫的目的。在表达上，重点突出，行文自然。

余抚滇之三年，命官于鸣凤山建环翠宫，其中为阁，祀吕师。殿有二，王、陶天君，何、柳二仙并祀阁上。既成瞻礼，羹墙如见。《真人志传》有曰："人能忠君孝亲，信友仁下，不慢不欺，方便济物，阴骘格天，便与吾同。"真人此言，明指忠孝为神仙胚胎，若舍忠孝而言功行，外功行而求神仙，猥云内外金丹，抑末耳。王天君以赤心忠良书于胸，陶天君以良药救病，受帝敕旨，威灵赫奕，亘古今不磨，恃此耳。是忠孝要领，仙不得不可为仙，佛不得不可为佛。忠孝全尽，即正阳祖理由所谓功行圆满。神仙之道，思过半矣。此余与群真意相契合，读传志辄不释，而建宫崇祀，为皈依传受地，岂徼尘世之福哉！

# 滇游日记（节选）

[明] 徐宏祖

太华山，又名碧鸡山，今俗称西山。因山形形似一位仰卧着的美人，故又有“睡美人山”“睡佛山”的美名。作者历经千辛万苦，来此寻幽访胜、探寻古迹。他按照浏览踪迹记录着所见的山势、林泉、庙宇等。在他的眼里，这里的每一处，都是如此的赏心悦目。

## 滇游日记一

## 游太华山记

出省城，西南二里下舟，两岸平畴夹水，十里田尽，萑苇满泽；舟行深绿间，不复知为滇池巨流，是为草海。草间舟道甚狭，遥望西山绕臂东出，削崖排空，则罗汉寺也。又西十五里，抵高峣，乃舍舟登陆。高峣者，西山中逊处也；南北山皆环而东出，中独西逊，水亦西逼之；有数百家倚山临水，为迤西大道。北上有傅园，园西上五里，为碧鸡关，即大道达安宁州者。由高峣南上，为杨太史祠；祠南至华亭、太华，尽于罗汉，即碧鸡山南突为重崖者。盖碧鸡山自西北亘东南，进耳诸峰由西南亘东北，两山相接，即西山中逊处，故大道从之，上置关；高峣实当水埠焉。余南一里，饭太史祠。又南过一村，乃西南上山。共三里，山半得华亭寺。寺东向，后倚危峰，草海临其前。由寺南侧门出，循寺南西上，南逾支陇入腋，共二里。东南升岭，岭界华亭、太华两寺中而东突者。南逾岭，西折入腋凑间，上为危峰，下盘深谷；太华则高峙谷东，与行处平对。然路必穷极西腋，后乃东转出。腋中悬流两派坠石窟，幽峭险仄，不行此径不见也。转峡，又东盘山嘴，共一里，俯瞰一寺在下壑，乃太平寺也。又南一里，抵太华寺。寺亦东向，殿前夹墀皆山茶，南一株尤巨异。前廊南穿庑入阁，东向瞰海。然此处所望，犹止及草海；若漭漭浩荡观，当更在罗汉寺南也。遂出南侧门稍南下，循坞西入。又东转一里半，南逾岭，岭自西峰最高处东垂下；有大道直上，为登顶道。截之东南下，复南转，遇石峰嶙峋南拥，辄从其北，东向坠土坑下。共一里，又西行石丛中。一里，复上蹑崖端，盘崖而南。见南崖上下，如蜂房燕窝，累累欲堕者，皆罗汉寺南北庵也。披石隙稍下，一里，抵北庵。已出文殊岩上，始得正道；由此南下，为罗汉寺正殿；由此南上，为朝天桥。桥架断崖间，上下皆嵌崖，此复崭崖中坠。桥度而南，即为灵官殿，殿门北向临桥。由殿东侧门下，攀崖蹑峻，愈上愈奇，而楼、供纯阳。而殿、供玄帝。而阁、供玉皇。而宫，名抱一。皆东向临海，嵌悬崖间；每上数十丈，得斗大平崖，辄杙空架隙成之，故诸殿俱不巨，而点云缀石，互为披映，至此始扩然全收水海之胜。南崖有亭前突，北崖横倚楼；楼前高柏一株，浮空漾翠。并楼而坐，如倚危墙上，不复知有崖石下藉也。抱一宫南削崖上，杙木栈，穿石穴；栈悬崖树，穴透崖隙，皆极险峭。度隙，有小楼粘石端，寝龛炊灶皆具。北庵景至此而极。返下朝天桥，谒罗汉正殿。殿后崖高百仞。崖南转折间，泉一方渟崖麓，乃朝天桥迸缝而下者，曰勺冷泉。南逾泉，即东南折，其上崖更崇列，中止潆坪一缕若腰带。下悉隤坂崩崖，直插海底；坪间梵宇仙宫，雷神庙、三佛殿、寿佛殿、关帝殿、张仙祠、真武宫。次第连缀。真武宫之上，崖愈杰竦；昔梁王避暑于此，又名避暑台，为庵南尽处，上即穴石小楼也。更南则庵尽而崖不尽，穹壁覆云，重崖拓而更合；南绝壁下，有猗兰阁址。还至正殿，东向出山门，凡八折。下二里抵山麓。有村氓数十家，俱网罟为业。村南即龙王堂，前临水海。由其后南循南崖麓，村尽波连，崖势愈出，上已过猗兰旧址，南壁愈拓削，一去五里；黄石痕挂壁下，土人名为挂榜山。再南则崖回嘴突，巨石垒空嵌水折成壘，南复分接屏壁，雄峭不若前，而兀突离奇，又开异境。三里，下瞰海涯，舟出没石隙中，有结茅南涯侧者，亟悬仄径下，得金线泉。泉自西山透腹出，外分三门，大仅如盎，中崆峒，悉巨石欹侧，不可入；水由盎门出，分注海。海中细鱼溯流入洞，是名“金线鱼”。鱼大不逾四寸，中腴脂，首尾金一缕如线，为滇池珍味。泉北半里，有大石洞；洞门东瞰大海，即在大道下，崖倾莫可坠，必迂其南，始得透迤入，即前所望石中小舟出没处也。门内石质玲透，裂隙森柱，俱当明处，南入数丈辄暗。觅炬更南，洞愈崇拓。共一里，始转而分东西向：东上三丈止，西入窈窕莫极。惧火炬不给，乃出，上出返抱一宫。问山顶黑龙池道，须北向太华中，乃南转。然池实在山南金线泉绝顶，以此地崖崇石峻，非攀缘可至耳。余辄从危崖历隙上，壁虽峭，石缝多棱，悬跃无不如意；壁纹琼葩瑶茎，千容万变，皆目所未收；素习者惟牡丹，枝叶离披，布满石隙，为此地绝遘，乃结子垂垂，外绿中红，又余地所未见。土人以高远莫知采鉴，第曰山间野药，不辨何物也。攀跻里余，遂蹑巅，则石萼鳞鳞，若出水青莲，平散竟地。峰端践侧锷而南，惟西南一峰最高。行峰顶四里，凌其上，为碧鸡绝顶。顶南石萼骈丛，南坠又起一突兀峰，高少逊之，乃南尽海口山也。绝顶东下二里，已临金线泉之上。乃于耸崖间观黑龙池而下。

## 滇游日记四（节选）

**二十五日** 令二骑返晋宁，余饭而蹑屩，北抵川上。望川北石崖矗空，川流直啮其下。问所谓“石城”者，土人皆莫之知，惟东指龙王堂在盈盈一水间。乃溯川南岸东向从之。二里，南岸山亦突而临川，水反舍北而逼南。南崖崩嵌盘沓，而北崖则开绕而受民舍焉，是为海门村。与南崖相隔一水，不半里，中有洲浮其吭间，东向滇海，极吞吐之势。峙其上者，为龙王堂。时渡舟在村北岸，呼之莫应。余攀南崖水窟，与水石相为容与，忘其身之所如也。

……

一里，随坞西转，已在川北岸矗削石峰之后，盖峰南漱逼川流，故取道于峰北耳。其内桃树万株，被陇连壑，想其蒸霞焕彩时，令人笑武陵、天台为爝火矣。西一里，过桃林，则西坞大开，始见田畴交塍，溪流霍霍，村落西悬北山之下，知其即为里仁村矣。

……

村西所循之山，其上多蹲突之石，下多崆峒之崖，有一窍二门，西向而出者。余觉其异，询之土人，“石城”尚在坞西岭上，其下亦有龙泉，可遵之而上。共北半里，乃西下截坞而度，有一溪亦自北而南，中干无流。涉溪西上，共半里，闻水声潺潺，则龙泉溢西山树根下，潴为小潭，分泻东南去。由潭西上岭半里，则岭头峰石涌起，有若卓锥者，有若夹门者，有若芝擎而为台，有若云卧而成郭者。于是循石之隙，盘坡而上，坠壑而下。其顶中洼，石皆环成外郭，东面者巑岏森透，西面者穹覆壁立；南向则余之逾脊而下者；北面则有石窟曲折，若离若合间，一石坠空当关，下覆成门，而出入由之。围壑之中，底平而无水，可以结庐，是所谓“石城”也。透北门而出，其石更分枝簇萼。石皆青质黑章，廉利棱削，与他山迥异。有牧童二人引余循崖东转，复入一石队中，又得围崖一区，惟东面受客如门；其中有趺座之龛，架板之床，皆天成者。出门稍南，回顾门侧，有洞岈然，亟转身披之。其峒透空而入，复出于围崖之内，始觉由门入，不若由洞入更奇也。计围崖之后，即由“石城”中望所谓东面巑岏处矣。出洞，仰眺洞上石峰层沓，高耸无比。复有一老倮㑩披兽皮前来，引余相与攀跻，其上如众台错立，环中洼而峙其东，东眺海门，明镜漾空，西俯洼底，翠瓣可数，而隔崖西峰穹覆之上，攒拥尤高。乃下峰，复度南脊，转造西峰，则穹覆上崖，复有后层分列，其中开峡。东坠危坑而下，其后则土山高拥，负扆于上，耸立之石，或上覆平板，或中剖斜棂。崖胁有二小穴如鼻孔，群蜂出入其中，蜜渍淋漓其下，乃崖蜂所巢也。两牧童言：“三月前土人以火熏蜂而取蜜，蜂已久去，今乃复成巢矣。”童子竞以草塞孔，蜂辄嗡嗡然作铜鼓声。凭览久之，乃循坠坑之北，东向悬崖而下，经东石门之外，犹令人一步一回首也。先是从里仁村望此山，峰顶耸石一丛，不及晋宁将军峰之伟杰，及抵其处，而阖辟曲折，层沓玲珑，幻化莫测，钟秀独异。信乎灵境之不可以外象求也。

……

下山仍过坞东，一里，经里仁村。东南一里，抵螳螂川之北，西望海口，有渡可往茶埠，而东眺濒川，石崖耸削。先从茶埠隔川北望，于巑岏嵌突中，见白垣一方，若有新茅架其上者。今虽崖石掩映，不露其影，而水石交错，高深嵌空，其中当有奇胜，遂东向从之。抵崖下，崖根插水，乱石潆洄，遂攀跻水石间。沿崖南再东，忽见石上有痕，蹑崖直上，势甚峻。挂石悬崖之迹，俱倒影水中。方下见为奇，又忽闻謦咳落头上，虽仰望不可见，知新茅所建不远矣。再穿下覆之石，则白垣正在其上。一道者方凿崖填路，迎余入坐茅中。其茅仅逾方丈，明窗净壁，中无供像，亦无爨具，盖初落成而犹未栖息其间者。道人吴姓，即西村海口人，向以贾游于外，今归而结净于此，可谓得所托矣。坐茅中，上下左右，皆危崖缀影，而澄川漾碧于前，远峰环翠于外。隔川茶埠，村庐缭绕，烟树堤花，若献影镜中。而川中凫舫贾帆，鱼罾渡艇，出没波纹间。棹影跃浮岚，橹声摇半壁，恍然如坐画屏之上也。

……

## 二十六日

……

随螳川西岸而北，三里半，有村在西山麓，其后庙宇东向临之，余不入。又北二里半，大路盘山西北转，有岐下坡，随川直北行。余乃下，从岐一里半，有舟子舣舟渡，上川东岸，雨乃止。复循东麓而北，抵北岭下，川为岭扼，西向盘壑去。路乃北向陟岭，岭颇峻。一里，逾岭北，又一里，下其北坞。有小水自东北来，西注于川，横木桥度之。共一里，又西北上坡，有村当坡之北，路从其侧。一里，逾坡而北，再下再上，共三里，西瞰螳川之流，已在崖下。崖端有亭，忽从足底涌起，俯瞰而异之，亟舍路西向下。入亭中，见亭后石骨片片，如青芙蓉涌出。其北复有一亭，下乃架木而成者。瞰其下，则中空如井，有悬级在井中，可以宛转下坠。余时心知温泉道尚当从上北行，而此奇不可失，遂从级坠井下。其级或凿石，或嵌木，或累梯，共三转，每转约二十级，共六十级而至井底。井孔大仅围四尺，其深下垂及底，约四五丈。井底平拓，旁裂多门，西向临螳川者为正门，南向者为旁门。旁门有屏斜障，屏间裂窍四五，若窗棂户牖，交透叠映。土人因号之曰“七窍通天”。“七窍”者，谓其下之多门；“通天”者谓其上之独贯也。旁门之南，崖壁巉削，屏列川上。其下洞门另辟骈开，凡三四处，皆不甚深透。然川漱于前，崖屏于上，而洞门累累，益助北洞之胜。再南崖石转突处，有一巨石下坠崖侧，迎流界道，有题其为“醒石”者，为冷然笔。石北危崖之上，有大书“虚明洞”三大字者，高不能瞩其为何人笔。其上南崖有石横斜作垂手状，其下亦有洞西向，颇大而中拓，然无嵌空透漏之妙。“虚明”二字，非此洞不足以当之。“虚明”大书之下，又有刻“听泉”二字者，字甚古拙，为燕泉笔。又其侧有“此处不可不饮”，为升庵笔，而刻不佳，不若中洞。门右有“此处不可不醉”，为冷然笔，刻法精妙，遂觉后来者居上。又“听泉”二字上，刻醒石诗一绝，标曰“姜思睿”，而醒石上亦刻之，标曰“谱明”。谱明不知何人，一诗二标，岂谱明即姜之字耶？此处泉石幽倩，洞壑玲珑，真考槃之胜地，惜无一人栖止。大洞之左，穹崖南尽，复有一洞，见烟自中出，亟入之。其洞狭而深，洞门一柱中悬，界为二窍。有倮儸囚发赤身，织草履于中，烟即其所炊也。洞南崖尽，即前南来之坞，下而再上处也。时顾仆留待北洞，余复循崖沿眺而北。北洞之右，崖复北尽，遂蹑坡东上，仍出崖端南来大道。半里，有庵当路左，下瞰西崖下，庐舍骈集，即温泉在是矣。庵北又有一亭，高缀东峰之半，其额曰“冷然”。当温泉之上，标以“御风”之名，杨君可谓冷暖自知矣。由亭前蹑石西下，石骨棱厉。余爱其石，攀之下坠，则温池在焉。池汇于石崖下，东倚崖石，西去螳川数十步。池之南有室三楹，北临池上。池分内外，外固清莹，内更澄澈；而浴者多就外池。内池中有石高下不一，俱沉水中，其色如绿玉，映水光艳烨然。余所见温泉，滇南最多，此水实为第一。池室后当东崖之上，有佛阁三楹，额曰“暖照”。南坡之上，有官宇三楹，额曰“振衣千仞”。皆为土人锁钥，不得入。余浴既，散步西街，见卖浆及柿者，以浴热，买柿啖之。因问知虚明之南，尚有云涛洞，川之西岸，曹溪寺旁，有圣水，相去三里，皆反在其南，可溯螳川而游也。

……

**十一月初七日** 余晨起，索饭欲行，范君至，即为作杨宾川书。余遂与吴方生作别。循城南濠西行二里，过小西门，又西北沿城行一里，转而北，半里，是为大西门。外有文昌宫、桂香阁峙其右，颇壮。又西半里，出外隘门，有岐向西北者，为富民正道，向正西者，为筇竹寺道。余乃从正西傍山坡南行，即前所行湖堤之北涯也。五里，其坡西尽，村聚骈集，是为黄土坡。坡西则大坞自北而南，以达滇海者也。西行坞塍中二里，有溪自西北注而南，石梁横其上，是即海源寺侧穴涌而出之水，遂为省西之第一流云。又西一里半，有小山自西山横突而出，反自南环北。路从其北嘴上，一里半，西达山下。有峡东向，循之西上，是为筇竹。由峡内越涧西南上，是为圆照。由峡外循山嘴北行，是为海源。先有一妇骑而前，一男子随而行者，云亦欲往筇竹。随之，误越涧，南上圆照，至而后知其非筇竹也。圆照寺门东向，层台高敞，殿宇亦宏，而阒寂无人。还下峡，仍逾涧北，令行李往候于海源，余从峡内入。一里半，涧分两道来，一自南峡，一自北峡。二流交会处，有坡中悬其西。于是渡南峡之涧，即蹑坡西北上，渐转而西，一里半，入筇竹寺。其寺高悬于玉案山之北陲，寺门东向，斜倚所踞之坪，不甚端称，而群峰环拱，林壑潆沓，亦幽邃之境也。入寺，见殿左庖脍喧杂，腥膻交陈，前骑来妇亦在其间。余即入其后，登藏经阁。望阁后有静室三楹，颇幽洁，四面皆环墙回隔，不见所入门，因徘徊阁下。忽一人迎而问曰："先生岂霞客耶？"问："何以知之？"曰："前从吴方翁案征其所作诗，诗题中见之，知与丰标不异也。"问其为谁，则严姓，名似祖，号筑居，严冢宰清之孙也。为人沉毅有骨，淡泊明志，与其侄读书于此。所望墙围中静室，即其栖托之所。因留余入其中，恳停一宿。余感其意，命顾仆往海源安置行李，余乃同严君入殿左方丈。问所谓禾木亭者，主僧不在，锁钥甚固。复遇一段君，亦识余，言在晋宁相会，亦忘其谁何矣。段言为金公趾期会于此，金当即至。三人因同步殿右。循阶坡而西北，则寺后上崖复有坪一方，其北崖环抱，与南环相称。此旧筇竹开山之址也，不知何时徙而下。其处后为僧茔，有三塔皆元时者，三塔各有碑，犹可读。读罢还寺，公趾又与友两三辈至，相见甚欢。

# 云津桥记

［明］王景常

本文讲述了云津桥的修建始末。此桥的通达，不仅给百姓生活带来了翻天覆地的改变，还带动了当地经济的发展。人们纷纷对修筑此桥的西平侯加以称赞。

云南城东陬有池，曰昆明池；池之大，不知其几百里。昆明之上游有江，曰盘龙；江之源，亦不知其几百里也。汪洋湍激，深广莫测，而大逵实通。昔有桥曰大德，毁于兵有年矣。

天朝下云南，内讧外攘，庶事草创，随葺随罅，行道用棘。今西平侯沐公，以为桥梁之政，王道攸关，不一大举，无以示悠久。乃命立表识，斩巨石，杀川流，揵石菑，度丈尺，计工庸。锢石趾以厮暴湍，疏三门以通舳舻。穹窿块轧，夹以石槛；琳琅簇篁，横截天空。方轨长驱，肩摩毂击，屹若金堤，亘若垂虹，行者若履平地焉。是役也，经始于癸酉之冬十月，视成于甲戌之春三月。凡鸠军工，以日计之几万几千。以其当云南之要津，故名。

夫十月成舆梁，古之制也，然未有梁以石者。至汉，以石梁灞，李得昭以石累洛，其来尚矣。矧云南遐逖万里，新建岷府，辇毂之驰道，三军之扈卫，控扼大藩，慑伏百蛮之地，苟无舆梁以观之，何以为名城内地哉？

西平奉扬天子休德，凡所以镇绥经理，兴利殄蓝，以与前人确类如此。然夷人得践大中至正之途，捐绳牵索引之习，绝摄衣褰裳之艰，释龟足皲瘃之难，而喁焉以哗，群焉以趋，蠕焉以履，欢欣鼓舞以自蹈于夷途，系谁之力欤？昔司马相如桥孙水以通莋都，通使节也，史万岁锢铁桥以渡金沙，利行师也，史犹书之，然通使节与通舆辇孰重？济甲士与济国人孰亟？由是曳之，云津光臻前古矣。於戏！天子休德，西平布之；天子有民，西平济之；巍巍石梁，万世赖之。

西平名春，字景春，黔宁昭靖王子也。

# 龙泉山道院记

［明］王景常

作者在文中不仅介绍了龙泉的山水变迁，还讲述了龙泉山道院建观的沿革。文辞优美，特别是对龙泉山及山麓涌泉、蛟龙降洄乡梓的描绘，出神入化，想象力丰富，引人入胜。

逾昆明二十里，有山曰龙泉。山之下有穴焉，广二寻，深称之，涌泉漫出，鲦鱼数百伏其隩，每岁旱，则云气勃勃而上，或以为有蛟龙焉。自蒙段时，水旱必祷，祷则雨旸时若。其泉厮而东南流，溉田数百顷，民赖其利。元初尝构寺崇之，中遭兵难，祠毁。

皇明平滇阳，环山皆为屯，今西平侯沐公以为此邦微是泉，禾稼且槁死，而祠宇弗葺，神灵不栖。岁甲戌，肇于泉之旁，构祠以栖神。乙亥，又择地之高亢，构道院一区，以为之镇。院之东堂曰“栖真”，宾游之所也。西轩曰“超玄”，休偃之所也。北为重堂，以奉天师像。左右庖湢房宇，翚翼有伉。又上五十弓，复构草亭，以备观览。一目丘坂弥漫，数百里碧鸡、玉案诸山罗列几席，东盘西纡，辐辏如束，真世外之桃源也。既成，命道士徐日暹主之。

夫神依人而行者也，而道家者流，又禳崇相近之所。自考正于礼，名山大川，能兴云雨，见怪物则化之，以其功在生民也。今是泉也，既有泽物之功，又有休征之应，祠而崇之，宜矣。沐公篆，黔宁王之烈，温恭严恪，以度以究，以阐明祀，非徒欲俾斯民享有土毛，以膺灵贶，而神亦永有所依归矣。日暹请记于石，因系以诗。诗曰：

龙泉之山，有涌者泉。蛟龙洄漩，厮而为渠。溉我稻区，奄为膏腴，盘盘困困，有宫聿新。以迓天神，飚轮云驭。从龙上下，洋洋乘宇。有报有祈，景光棽丽。降福孔夷，明明我侯。阐鄗灵休，以疏民忧。民忧既弭，神其格只。维侯之祉，雨旸孔时。菑沴不滋，维侯之厘。侯曰匪躬，万福攸国。天子之功，龙泉于渊，道牟于天，亿万斯年。

# 游华亭寺记

［清］李澄中

本文是一篇情辞畅达，诗意盎然的游记。作者写登山所见，写归程感受，其中有对世事的深切感悟，有对山川人文的倾慕之情，有对回归自然的由衷喜悦……文气贯通，节奏分明。读罢，顿感酣畅淋漓。

泛滇池而西，水与天争，山迎人笑，芦阻路而船绕，风扬帆而岸低，致足乐也。泊燕子沟，陟华亭寺，三里山径，沾屐无尘。七月秋风，扑面犹火。浮图矗云而峙，禅关拨雾而开。于时夏莲一溪，尚擎残盖；山茶万树，渐茂新枝。汲清泉而浣素襟，倚雕栏而证浊劫。碧鸡翅下，十亩新辟；青草湖边，一碧无际。

因忆夫至正皇风，供星辰于边裔；元峰老衲，悟云彩之前身。书丹有散散之仙，布金创巍巍之殿，寺之初盛时也。天顺赐敕，沐藩贡表。相晟初建，美前王避暑之宫。用修遥集，题归僧画图之句。山岳之秀，萌芽之诗，寺之再盛时也。逮沧桑之浩劫，嗟云笠之僧众。上人庆有，中兴佛门。花马国之高吟，远传衣钵；句吴君之后裔，旁隶文衡。僧俗判之，诗酒同之，寺之三盛时也。

今何时乎？寺何如乎？江山如故，金碧已残。长廊三面，空留白鹤之迹；劫火千年，屡换红羊之运。孙子荆八分刻石，笼少碧纱；方山子百镒输金，碑封苍藓。古人往矣，能勿慨然？假令展翼而高眄九垓，骋辔而澄清四海，既不见测于鷃鹍之识，何必自适于猿鹤之群。乃者，讶履杖之重游，山灵笑我；知津梁之已倦，古佛无言。

夕阳西下，梵林余不尽之光；贝叶东来，世界悟无形之字。嗟夫！南园题字，笑口孰开，西山延爽，空翠如积。虽众籁俱寂，而元音如有闻。虽百鸟已归，而游情无或倦。惭无柳州之笔，敢恋壶公之居。所以水月送烟，半航欲湿，山风撼竹，万叶皆飞。归帆而卧，犹彷佛碧莲座中，玉兰阶下也。

# 大观楼长联

［清］孙髯

大观楼，在昆明西南的滇池边上。此文素有“天下第一长联”的美称。字里行间，不仅有对滇池风光的无限喜爱，还有对王朝更替、历史兴衰的抒怀。此文对仗工整，用语传神，极具表现张力。

五百里滇池，奔来眼底。披襟岸帻，喜茫茫空阔无边。看东骧神骏，西翥灵仪，北走蜿蜒，南翔缟素；高人韵士，何妨选胜登临。趁蟹屿螺洲，梳裹就风鬟雾鬓。更蘋天苇地，点缀些翠羽丹霞；莫辜负：四围香稻，万顷晴沙，九夏芙蓉，三春杨柳。

数千年往事，注到心头。把酒凌虚，叹滚滚英雄谁在。想汉习楼船，唐标铁柱，宋挥玉斧，元跨革囊；伟烈丰功，费尽移山心力。尽珠帘画栋，卷不及暮雨朝云。便断碣残碑，都付与苍烟落照；只赢得：几杵疏钟，半江渔火，两行秋雁，一枕清霜。

# 遂过圆通寺登补陀岩

［清］郑珍

带着一身的梅香，诗人又来到了补陀岩听海潮音。站在岩上，迎着大风，看向远方的家乡，好似到达了蓬壶仙山的绝壁。神灵啊，原谅我情缘未断，难以就这样脱离凡尘。

熏香梅花林，往听海潮音。大士无语印以心，补陀山高海深深。登高临风望乡国，似到蓬莱方壶之绝壁。忽讶何时身已仙，老亲稚子抛不得。失声一呼落羽翼，胡僧在旁俯长眉，知我多情不可医。笑指海天认归鹤，云白山青无尽时。

# 泛昆明池至近华浦登大观楼

[清]郑珍

春暖柳发，诗人从滇池乘船出城，似走入了一幅绝美的画卷中。这里有柔波千顷，沙滩洁白，风中燕舞，水上浮鸭……登楼远望，真是无限惬意。不觉夕阳西下，一切开始朦胧，只剩风帆还依稀可见，其他的都不见了痕迹。

云南正月半，杨柳青满湖。
浮舟出郡郭，悠然如画图。
汪汪千顷波，晴沙畅平铺。
和风弄舞燕，微澜漾浮凫。
赤脚两桨女，妙称樗散徒。
踏舷唱小海，浩气凌八区。
沐氏旧西园，宛在似蓬壶。
早树发初绿，粉墙明精庐。
诸渔集门曲，幽清无鸟呼。
何人构层楼，倒映水府居。
凭阑纵周眺，心目乃以舒。
群山从北来，柘城烟有无。

九十九水窦，足锸十万夫。

夕阳转西山，岩观正模糊。

何处昆阳州？风帆尽南趋。

俯仰一杯酒，襟怀千载余。

霸业垂扫尽，苍茫留此潴。

海风送黄鹤，思便朝清都。

弟妹各牵衣，白云不可呼。

长啸动归桡，月上东城隅。

# 大江东去·大观楼醉后题壁

［清］谢琼

"大江东去"，词牌名，又称"念奴娇"。古来写大观楼的诗很多，但词却是不多见的。此词调寄"大江东去"，可见立意的宏大。词人畅饮开怀，挥笔成词，看着大观楼上的长联，也想把自己的词题于壁上，好与髯翁之联相映成趣。

乾坤许大，怎天教此水，西流如汉。百尺飞楼云际倚，三面青山相向。鸥鹭沉浮，鱼龙出没，日夜掀风浪。归帆隐隐，晚霞红处渔唱。

遥想武帝当年，凿池通道，枉习楼船战。劫尽灰残人不见，惟有湖山无恙。酒罢凭栏，诗成题壁，只把髯翁让。临风吹笛，海门明月飞上。

# 云南游记（节选）

谢彬

作者以日记的形式，详细记述了自己在昆明的所见所闻所感。这里除了有作者的每日工作记录外，还有登山寻古迹，有泛舟赏湖景……

## 十月十六日　晴

住昆明。六时半起床，盥洗毕，即赴云南图书博物馆，参观书画展览会。馆距市礼堂甚近，位于翠湖北隅，旧为经正书院，后改省会中学堂，至清宣统元年，始改建为云南图书馆，取学务公所图书科所存图籍，暨两级师范学堂所存原日经正、五华、育材三书院书籍，移置其中，派员经理，任人阅览。《云南丛书》刊印处，即附设其中。现任馆长，为赵藩君樾村、袁嘉谷君树五，均云南闻人。入门，过一石桥，左为阅书报挂号处，右为售书处，书画展览会临时警卫室与售票处（每张铜币二枚），即分附于其左右。内为极大丹墀，满植花木，陈列整齐，至可观玩。左右两廊房屋，下层均为书画陈列之室，楼上庋藏图书。正面有高大正屋三楹，楼上为藏书室，楼下遍挂书画屏条；其右下室，并陈古玩多种，而以瓷类为最多。

再进，中为丹墀，右为馆员办公室，左为庶务处，正面中设客堂，左右为馆长办公室，客堂所悬屏联，皆钱南园精品，就此少休赏玩。嗣折左行，至自在香室，室建翠湖水中，三面临水，风景极佳，中悬书画满壁，馆员就此设茶点，款待余等。统观各室所陈书画，字有钱南园、米襄阳、董其昌、周於礼诸名作，而以钱南园为最多，几与吾湘所有相埒，盖钱本籍昆明而宦湘最久者也。画有仇十洲之《观潮图》，恽南田之“万横香雪”册页，张择端之《清明上河图》，周竹庄之山水诸名作。并有过峰山人七十五岁时画兰一幅，尤苍劲奇古，过峰本明建文帝逊位后道号，当时曾挂锡云南山寺多年，此殆其遗墨中之真迹者欤。藏书楼旧籍颇多，新籍绝少。

茶点用毕，复赴馆之右偏，参观博物馆，先至工艺品陈列室，共藏二百四十五件，除安南诸制品及大理石八仙挂屏以外，无甚可观。且八仙屏中，只一小幅山水，天然佳妙，余皆夹有人工点缀，共十一块，定价六百元。又有大理石山水大插屏一块，本非佳品，但定价至三百六十元，据识者言，较广州、香港价贵数倍。云南本大理石唯一产地，物不美而价不廉，此与合浦珠产地具有同样情状矣。折入美术品陈列室，共藏一千一百二十六件，中以陈圆圆少年画像及老年为尼时画像各一帧，均属工笔，精美可观。又有明永乐时僧道源金写《华严经》一卷，因明末兵乱，盛以铁柜，沉诸滇海，至清中叶始捞得者，亦属珍品。此室接邻，即历史品陈列室，其中所藏，虽只一百七十五件，但异常珍贵，且多他省所不能得之物。举其著者，如明建文帝之袈裟，明永历帝之玉玺，明万历时之历书，清杜文秀之王帽盔甲及九龙宝座，缅甸之贝叶经，缅甸之古瓶，苗族所用之盔甲刀矛，甲申中法之役所获法军之战利品多种，民五征藏之役华封歌所获之藏佛数尊、殷承瓛所获之藏寺金顶（顶座周达数丈，于后院天井中，另筑一亭安置其内），蔡松坡光复云南时用代兵符之昭陵小章，皆极宝贵之品。他若古钱古器等等，北京古物陈列所、南京古物保存所，尚多见之。教育品陈列室，共藏七百九十件。金石铜佛陈列室，共藏四十一件。仅匆匆过目，未识其中有无佳品也。折入后院，右为科学品陈列室，左为书画陈列室。中为天产品陈列室，共藏一千七百九十五件，正对安置藏寺金顶之亭，所陈以农林产物为多，而以树中有字者为最奇异。观毕，即穿正厅而出，经大丹墀，两旁皆植花木，颇具植物园之形式。至前院，即金石保存所，楼下藏碑十余方，楼上满悬滇碑拓本，略仿长安碑林，而不及其富有。金石保存所后，为动物饲养所，所饲固无多种，且除雕鸟而外，皆无足观。最后至《云南丛书》刊印处，览其初编总目，系仿《四库全书》分类，计经部已出十五种，史部已出十二种，子部已出十九种，集部已出九十六种，续编尚在刊印中。观毕回寓，唐省长适来报谒，余等相与酬应，移时始去。

午膳后，赴东陆大学校参观。校就城北山顶贡院旧址改建，前临翠湖，后枕城垣，携级登览，眼界甚宽。头门以内，腾蛟起凤两坊间之旷地，预备筑为实习工厂，中夹校园。二门新建讲堂一所，上下共二十四间，工仅及半，其左隔离数十武，有物理与化学教室上下四间，工程亦未完竣，此项建筑费用，共约三十万元。新讲堂后，即旧明远楼。董校长安排将此全栋建筑，移置他处，用作亭榭，藉保古物，就其地基，改建图书室。穿丹墀再进，即旧至公堂，新添团龙花板，重加油漆，共费四千余金，作为礼堂及讲演之处。庄严美丽，实堪代表东方建筑物之特色。徘徊其间，令余发生无穷感想。自此折右，为校务处，其应接室即就旧监临房而加以修葺者，中悬康有为、吴昌硕书联及章太炎书屏。康联句云“号令风雨肃，声名草木知”，推崇唐省长，亦云极矣。此校为唐省长独捐五十万元创办，故校名即用唐氏别号东大陆主人之缩语，而礼堂以至各处，亦无不高悬唐氏肖像及诸名流赠唐联屏。校务处之右端，为食堂及炊爨、烹调两室，其左有各科办公室、讲堂、自修室、寝室、厕屋、浴堂等等建筑。办公处、浴堂、厕屋皆新建而西式；讲堂、自修室、寝室则就农校旧有者而加以刷新，不过讲堂周悬黑板多块，仿美国式而已。学生现有预科四班，共计九十余人，并有女生八人，试行男女同校。经费一项，已筹定者，除取得省城至可保村运煤铁路建筑权并专利外，计有唐氏捐助五十万元、东川铜矿官股十万元、第二工校开办费约一万元、军饷委员会拨提二十四万元、富滇银行及各商号捐助约十五万元，共约一百万元。预备再筹二百万元，以百万作建筑设备诸费，以二百万作基金生息，益以学费收入，每年可得十六七万元，以为经常支出。现行学制，定为预科两年、本科四年，预科毕业，即拟开办文理法工农各本科。现有教授二十余人，留美学生居多，欧洲各国及日本留学者，合计未达半数。学科特设军事一门，且定为必修，聘保定军官学生胡学如君，专任教练，预备养成战时尉官人才。

参观既毕，乃赴富滇银行，访问王经理，就询云南金融现状。夜访杨竹君同学于其家，阔别八年，相见极欢。以约唐宥在君八时来寓叙谈，不能尽词，因约后会辞归。甫抵寓门，适唐留名刺将去，乃邀入寓，并介绍于各代表，谈至十时始去。

## 十月十七日　晴

住昆明。今日为由夔举司长邀作西山竟日之游。上午八时，自市礼堂乘肩舆出发，循翠湖沿及承华圃街，出小西门，入通大观楼马路，道树成行，青翠欲滴。路沿篆塘河岸，其水通湖，传为吴三桂凿以运粮入城者，小舟往来甚多。遥望左右，稻田弥野，黄如四月之麦，盖近收获期也。行四十分，抵大观楼。其地为明代楚僧卓锡结茅讲经之处，始建一刹，曰观音寺。清初吴藩称兵，寺毁于火。康熙时，滇抚王继文，拓茅庵地，建楼二层，颜曰“大观”，以供钓游之用。道光八年，廉访翟觐光，增为三层，益拓眼界。然斯楼之传也，实由布衣孙髯翁曾题长联，遂名满天下。咸丰六年季夏，兵燹悉毁于火。同治三年仲冬，提督马如龙，捐资重建，始复旧观。民国二年，云南政府复筹款重修，添建西式楼阁数十间，堆砌假山数处，并筑马路直达城市。十一年八月，由财政司拨归市政公所管理，改建大观楼公园。刻正从事修葺坍塌损坏之处，栽植花木，点缀风景。入门，左有一榭，即涌月亭；亭之对面，即大观楼，楼凡三层。登临眺览，则滇池湖光，太华山色，尽奔眼底。下层正厅，壁间贴有孙髯翁长联，字与纸墨，均不甚佳，似为临时浏览而设者。联曰：“五百里滇池奔来眼底，披襟岸帻，喜茫茫空阔无边。看东骧神骏，西翥灵仪，北走蜿蜒，南翔缟素，高人韵士，何妨选胜登临。趁蟹屿螺洲，梳裹就风鬟雾鬓，更蘋天苇地，点缀些翠羽丹霞。莫辜负四围香稻，万顷晴沙，九夏芙蓉，三春杨柳。数千年往事注到心头，把酒凌虚，叹滚滚英雄谁在。想汉习楼船，唐标铁柱，宋挥玉斧，元跨革囊，伟烈丰功，费尽移山心力。尽珠帘画栋，卷不及暮雨朝云，便断碣残碑，都付与苍烟落照。只赢得几杵疏钟，半江渔火，两行秋雁，一枕清霜。”录毕出门，穿走廊，进牧梦亭，为阮文达公旧构。面临草海，前植古树，盛夏消暑，此实佳地。复过走廊，至数帆亭，壁嵌《重修大观楼碑记》，中悬马如龙题联，语曰：“君子吐芳讯，达人垂大观。”穿廊又至一榭，堊以黄色，正事修葺，未见榜额。左连洋榭一栋，上下十余间，颜曰“挹爽楼”，拟备各省驻滇代表住宿者也。楼前有一广坪，散植花木。坪之右端，正对大观楼处，复有正屋一楹，颜曰“近华楼”。上下均极宽洁，建筑虽属旧式，住居尚为适宜。楼前广坪，中凿水池，傍绕假山，配置适宜，殊堪驻玩。池北建有八字凉亭，壁油绿色，亦正修葺，尚未悬额。

游观既毕，步登小轮，时已九时五十分矣。轮名飞龙，为昆玉轮船公司所有。公司重组于民国八年，原只一船，近添一船，尚未下水。元年资本一万六千元，现已增为四万六千元，董事长为李凤祥。本轮船身长五丈，宽一丈一尺，可载重二十吨，锅炉马力七十四匹，汽机马力八十一匹，用明轮推进，每点钟能行二十海里。其营业往来地点，为昆阳、古城、中滩、观音山、西华街、西山、大观楼等处，航线共长一百二十华里，每日往返一次。今日则系包定，故未载运客货。十时启碇，初行草海，继入滇池，波平浪静，湖光可鉴，过高峤，抵西北山麓，为程不过四十里，费两小时始达。

西山一名罗汉山，左接太华，矗峙海岸，其南峭壁千仞，常绕白云，即观音山所在。由司长邀入吴氏别墅休息，并用中膳，别墅建筑属西式，为内务司长吴石荪君之兄所有，前临滇池，后枕西山，登楼坐玩，对岸村庄栉比，湖中帆影纷披，风景实堪入画。楼前左端，筑有茅亭，前临大圆池一，即围湖水以成者，于中钓游，亦饶幽趣。别墅之傍，闻有金线鱼洞，所产细鳞，色味俱佳，未获往观。下午一时登山，同人于麓即乘滑竿而上，余与范予遂君，步至半山始乘。滑竿构造，极为简单，法用竹杠二条，两端闩以竹片，中部缚一短竹为靠背，以四绳系小板为座位，下垂竹片一枚为踏脚。有时中部并不缚靠竹，系小板，仅取绳索斜牵成瓢形，即成。乘之登山，殊为轻便，滇黔山道之旅行，多赖此焉。半山道右，有路通华亭寺及杨升庵祠，亦属昆明近郊游观佳处。余等系游西山，故折左上升。道右有观音阁，荒陋不堪；有摩崖大字，曰“千步崖”；有一寺院，门锁而不见有住持；有张仙殿，亦空无居人。一路前进，道左见有毁庙一座，自此折右上升，至罗汉崖，即古郁罗台。从台右狭巷携级而上，即三清阁，为元梁王避暑离宫。庙宇数院，依岩骈列，最左一楹，曰“飞仙阁”，次为“醉梦间”与“逍遥游”，同人茶憩于此。俯瞰滇池四周，稻田村树，青黄成章，省垣市街，则在缥缈间矣，此地已出海面二千密达。再上为玉皇殿。玉皇殿后为圣父殿。圣父殿之右，为三清阁石洞。穿石洞长廊而右，即云华洞；再穿崖廊即龙门；其上即达天阁。三清阁石洞后方之左，曰老君殿。老君殿之左为太极阁。太极阁与达天阁，均山中寺庙之最高处，惜无路登绝顶，遍眺华亭寺、观音山诸胜也。自三清阁石洞迄达天阁之通路，皆沿石崖曲折凿成。石栏石殿，与夫额联瓶炉几案等等，无不就石凿之，鬼斧神工，堪称奇绝，凭栏观海，幽险多趣。若再加以大规模之建筑，风景实视西湖尤佳，同人于此共摄一影以志鸿爪。各石殿中，所供观音、魁星、文昌、关帝诸像，雕刻极佳。自半山千步崖至达天阁，计蹑石磴九百七十二级。山多断层石壁，望若洋榭，树多柏栗，薄蔚足荫行人。三时半下山，右望昆明平原，群山环绕，惜皆濯濯，似宜急谋造林，调和气候，供给薪炭。左望危崖，上镌“如意泉”“孝牛泉”诸字，道路榛芜，莫可登览。

四时半启碇，六时抵大观楼，夕阳残照，湖景更幽，惜无暇晷领略耳。乘轿循马路返寓，右见篆塘河，干泊有游艇二三，陈设精致，此或载得西子游西湖者。晚膳后，复访竹君同学，谈至十二时，始归寓就寝。

## 附录 赵樾村先生游西山十首

城西三十里，天际五千寻，名胜全滇冠，按台半壁阴，游山灵运屐，渡海伯牙琴，把臂欣吾党，攀跻共入林。

叶舟冲小雨，葭菼乱萧萧，断港穿青草（湖名），孤村指碧峣，祠应郫酒荐，客待楚词招（碧峣书院祀杨升庵），不敢寻遗迹，琳宫路正遥。

浮图标隐隐，昏黑叩诸天，万竹深藏寺，一花香破禅，宸题大圆觉（华亭寺明嘉靖赐额曰“大圆觉寺”），清梦小游仙，明发谁夸健，峻嶒策杖先。

杖底拨云劳，中峰太华高，空门曾劫火，下界日风涛，菜瘦残僧圃，松危独鹤巢，更摩罗汉壁，捷足蹑飞脊。

阑楯堕层空，探奇石窟通，神仙居不易，造化巧无功，修月谁挥斧，扪天此挂弓，琅嬛书可读，吹袂怯罡风。

日落众峰冥，壶觞小阁停，月铺千顷白，云洗一天青，持节人难唤，凭栏酒易醒，洞箫如可借，吹与老龙听。（王子渊祭金马碧鸡文，杨升庵书刻龙神祠中。）

横海楼船渺，当风殿阁凉，雄心空汉武，旧迹胜梁王（三清阁为元梁王避暑宫），浪打前朝去，天留我辈狂，拈毫易惆怅，清浅几沧桑。

已放屠刀下，何据品服来，飞仙难免俗，出世亦须才，牛饮留双井，雕盘耸一台，九还争炼骨，丹鼎莫轻开。（赵老人事，见《通志》。）

逸兴消难尽，匆匆惜下山，简书人事促，香火佛缘悭，待面枯昙壁，应飞倦鸟还，天风夹疏雨，吹送出松关。

停桡近华浦，回望停高楼，云水揩双眼，林峦压上头，空桑三宿恋，飞絮一春愁，幸免山灵笑，题诗纪胜游。

## 十月十八日　晴

住昆明。夏历重阳节也。上午九时，偕同人步赴讲武堂，参观云南光复纪念阅兵典礼。出寓门，沿翠湖行，经钱南园先生祠，祠不甚大，折循唐公堤而西，行至湖心，左见陆军偕行社，右见莲华禅院。有堤于此纵贯南北，即阮公堤，与唐公堤恰成十字交叉。行尽唐公堤，折左数十武，即讲武堂所在。此堂设自清末，当时教官，均日本士官学校毕业生，籍云南者尤居多数。现在滇军将校，大都出身于此，故其军队精神，较他省为有系统，恍若北洋系之小站者然。近更效法日本陆军大学，于中增设高等军事学校，提高军事教育之程度。大操场，位堂后方，宽广可客旅教练，阅兵场即设于此。十时唐省长服上将军服，偕同余等登台阅兵。场中演习部队，为步兵一团、炮兵一营、机关枪一连，指挥官为滇中镇守使龙云君。当未演习之先，唐君偕同余等，全部绕阅一周。各种部队军容皆壮，精神尤他省所不及，器械服装，亦极精整。微惜驮载山炮机枪之马，未能训练娴熟耳。洎各队绕场演习之时，空中复有飞机四架，盘旋飞翔，愈显军备完美。阅毕，入堂小休，兼用西点。与同学王竹村、李晓川两君，相继晤面，握手言欢。竹村现任财政司长，晓川现任教练处长，皆未谋面八年矣。余当分头约期，赴其私邸，畅叙离情。

茶点用毕，随又登台，参观中等学校联合运动会。开始运动之初，各校学生，排队绕场一周，燃放鞭炮，以助壮烈。运动项目则：（一）各校选手跳高，（二）云南中学团体弹腿，（三）各校选手跳远，（四）二百二十码各校赛跑，（五）东陆大学武装竞走，（六）第一师范团体短棍体操，（七）各校选手掷铁球，（八）第一中学排演“拍卖人格”，（九）成德中学团体普通体操，（十）四百四十码，各校选手赛跑，（十一）第一中学团体柔软体操，（十二）女中女师团体跳爱尔兰舞，（十三）第一中学团体长足进步，（十四）昆明师范童子军消防救护，（十五）东陆大学太极拳，（十六）女师、女中团体花舞，（十七）昆明师范童子军少林单刀，（十八）成德中学排演中国公民团，（十九）各校半英里接力赛跑，

（二十）女中、女师百码赛跑，（廿一）各校排球混合运动，（廿二）女中、女师西班牙双人跳舞，（廿三）女师、女中团体体操，（廿四）各校篮球混合运动，（廿五）联合中学盲目捕球，（廿六）云南中学传球竞走，（廿七）各校一英里赛跑……（三十）各校足球混合运动。自上午十一时起，演至下午五时始竣。各项运动成绩均佳，而女师、女中之跳舞，活泼熟练，成德之普通体操，步伐整齐，省中之“拍卖人格”，极切现今国会丑态，尤为可观。至成中之公民运动，内分农工商政军警学界人士，及无职业阶级、黄色人种等等，形形色色，惟妙惟肖，更饶趣味。最可钦者，女师、女中学生，竟能一英里之接力赛跑，此为他省所无，而云南独有者也。

返寓少休，即赴圆通寺，参观菊花会。寺在圆通山麓。山在元代，尚位昆明北郭之外，明初拓城，始入城内，其形蜿蜒，状若螺髻，故一名螺峰。唐时于其南麓建寺，名曰圆通，宋延祐时，明成化间，均曾重修。现已仿效日本芝公园与增上寺，以公园而兼寺院，辟为山林公园。头门以内，古树参天，大皆合抱，道路修广，气象甚宏。头进傍门，设有小花出售处，或握成字，或削如山，均玲珑古峭，精致新奇。牌坊两旁，花山堆垒，灿烂如锦，清香扑鼻，神怡心快。八角亭之左右及正中，咸搭草棚，棚下菊花满地，盆栽地景，大小相间，红白紫黄，不一其色，按其标名分类而约计之，不下五六百种。左廊草棚之下，则有呈贡出品，女子职业学校园艺之菊花船，庾晋侯之大菊花瓷瓶，及翠湖公园出品。右廊草棚，则有曹幼卿出品，金碧公园出品，药王庙出品，李润生出品及郑剑佩之菊花山。正中方面，左侧有李华堂出品，沈佩出品，王杏村出品。右侧有张莼鸥出品，省会警察第三署出品，市政公所园艺课之花山。群花皆丽而肥，虽视昔年北京中央公园所见，尚逊一筹，然亦大足赏心悦目矣。

寺院共三大进，头进现驻消防队，后即大雄宝殿，中进亦供佛像。中进阶前，有八角亭一，环以绿铁丝布搧扇，中供海觉禅师肉身，同人及唐省长，均往顶礼。海觉法名正禅，生有慧根，弱冠剃度，受戒于杭州昭庆寺。中年感溪流而大悟，因有偈云："堪笑频年究死心，转看万象尽平沉，蓦闻无住溪声静，月朗天空见太清。"后为大板桥明应寺住持，于清乾隆十三年某月日，趺坐含笑而逝，享世寿九十岁，徒众以师坐化如生，经七不改，乃就寺傍建塔供之。咸同之乱，村寺灰烬，而塔独存。今年七月，村人有窃塔砖者，砖启而师之肉身如生。其七世徒孙月溪，迎供于麻线营缘明寺，后请于市政公所，舁奉圆通山顶接引殿，近始移供此亭。并以树胶彩色，渲染其皮肤，补添其骨骼，使能保存永久，任入观览。

寺后右端，有路登山，额曰"采芝径"，傍有衲霞屏、普陀岩、潮音洞、咒龙台诸胜。路右石壁峭立，摩崖几满，左用铁栏环绕，可扶而登，同人于此摄影以志鸿爪。山巅平旷，怪石嶙峋，上建寺院，榜曰"螺峰莲社"，附有讲经会，寺僧正绕堂宣佛号，颇有可观。

过寺门，循山脊缓步前进右视盘龙江流，环抱如带，左瞰全城，历历在目，即昨日所游之西山石壁，亦能遥指其处。行经柏林与草地一段，即为陆军墓地所在。墓上皆树石碑，标明若为援黔阵亡将士，若为西征（征藏）阵亡将士，若为援川阵亡将士，均系类厝，瞻览之余，不胜敬仰。

下山，即张莼鸥君住宅，署曰"螺翠山庄"。构造极有丘壑。入门，堆石为洞，颜曰“闲云”，内即花圃与金鱼池，池右新建洋榭，洁静可居，池上有一小坡，满植翠竹，中辟一亭，榜曰“个个厂”，内仿日本屋式，大可席地而坐，赏玩翠湖湖光，五华山色，城市得此，无异山居。池左有旧式建筑一圈，询为张君旧宅，同人于花圃又摄一影。仰视天空晚霞，俯览群花竞艳，精神为之奋发。

入夜，张君就洋榭设西宴，款待余等，酒至五种，菜至十二样，丰腆极矣，联想连日所饮皆西宴，颇惜滇俗朴素，今已不复存也。宴后登楼远眺，万家灯火，掩映浮云，境亦清幽。十时归寓，整理本日日记。

## 十月二十八日　晴

住昆明。董雨苍君邀游金殿及黑龙潭。上午八时四十分，乘轿发市礼堂。出小东门，行四十五分，过小坝，有村庄及小学。沿途稻田正事收获，农夫甚形忙碌。十时二十分，抵鸣凤山麓。自此路皆上坡，轿夫喘而流汗，余因步行登山。杉松满谷，清风徐来，甚觉愉快。便览庾上将墓，规模宏壮，状拟陵寝，翁仲石马，骈列至多。袁树五君所为传文，石刻嵌诸墓门，颇多佳句。庾名恩旸，云南墨江县人，毕业日本士官学校，在滇历任重要军职，著书甚多。其夫人某氏，有美人名；才子佳人，正好消受艳福，胡天不憖，必令红颜薄命耶？

墓之右傍，即太和宫，俗呼金殿，一曰铜瓦寺。余等从后门入，金殿三楹居中，像座匾联，墙柱瓦槅，皆范紫铜而成。当日滇铜之盛，可以想见。

明万历间，云南巡抚陈用宾创建，制仿武当山之真武殿，崇祀北极与玄武。清康熙十年，曾加重铸，咸同乱作，毁于兵火。光绪十六年，群议兴复，自是年七月兴工，至二十一年正月，工事始完。巡抚唐炯，独力捐铜万斤，今之侍佛及窗槅门扇，皆其时所新补者也。阶基栏杆，均大理石所造，花卉山水，天然可爱。殿中旧有题联云："春梦惯迷人，一品朝衣，误了九寰仙骨，鸡鸣紫陌，马踏红尘，军门向那头跳出。空山曾约伴，八闽片语，曾邀六诏杯茶，剑气横天，笛声吹海，先生从何处飞来。"此联曾载梁章钜《楹联丛话》，相传用宾遇吕仙于此所作，盖未必然也。阶下左右，均植紫薇，古干嵯岈，吐花红丽。外环砖城，四门整闭，规制崇宏，拟于王城。右院客堂，中悬陈抚遗像，滇人春秋祀之。陈为福建人，当抚滇时，经营八关，与掸界争胜，可谓能吏。赵樾老书建金殿颠末于其上，亦盛称其为人。左院门额，署"太清宫"，君在城垣之外，殿后垣外，复有一殿，中祀道家诸神。殿前垣门，颜曰"太和宫"，同人于此摄影，以为纪念。下石级十数，即大丹墀，中建石路，左右分植柏树，成列薄蔚，列树之后，复各有廊房，分祀偶像。出棂星门，经太和宫门、三天门、二天门，至第一天门，每门以内，均下陡级十数。沿路杉松柏树，丛蔚参天，荫不见日，小鸟飞鸣，清幽可听。自第一天门至山麓，除斜平路外，尚砌石级六十有八。山麓树有石坊，字已剥蚀不可识矣。回视庙院，则皆深隐树林之中，只见一团葱郁之景，令人留恋而已。

十一时四十分，自鸣凤山北麓登舆，首途赴黑龙潭，横过土山，上陡下斜。过一石桥，溪流潺湲，清越可听，下流入盘龙江。横过一宽平土丘，至龙头村，有市街与农村。渡盘龙江，至落梭坡（袁树五君李太夫人墓表，则署曰“玉笙山”），唐省长太夫人墓在焉。规模宏伟，胜于庾墓，墓前左立石碑，上署“孝忠明义”四字；右树石碣，上刻祭文；墓门复有石刻联语，皆袁大总统所颁赐者。立而四望，山环水抱，眼界极宽。据堪舆家言，此实福地佳城，子孙可发迹，可至总统总理云。墓左即李太夫人祠，中悬黎大总统“当代女宗”之赐额，旁挂赵樾村、袁树五、董雨苍诸君木刻联语。同人于此小憩，复登舆赴黑龙潭之龙泉观。两地相距里许，须臾即达。

观居五老峰下，临黑龙潭，建于明洪武时，清康熙二十九年重修。头门颜曰“紫极玄都”，门内有大丹墀。宋柏四株，左右分植，老干参天，古色苍然。杜工部有句云“霜皮溜雨四十围，黛色参天二千尺”，可以移咏此柏。二门上悬“汉黑水祠”额，系唐省长补题。跋云：“汉《地理志》，益州滇池县西北，有黑水祠。黑水本雍凉界，在滇西境，汉人盖于此望祀，故名。今称黑龙潭，实滇中第一古祠也。爰书四字，以质游人。”门内当中，悬有东海许弘勋书，“云际真笙”榜额，笔致极佳。正殿之前，左右均有廊房，楼上楼下，皆设茶座以憩游客。殿前丹墀，中置铜鼎，铸于道光末年，重达五千余斤，古色斑斓，至可抚玩。正殿之后，复有一殿，其丹墀中，亦有古柏及梅。最后为三清殿，丹墀之中，犹存唐梅之枯根，其形奇古，冠绝海内。今放花者，则其枝之枝也。左廊颜曰“逍遥楼”，内有唐张度及某唐梅图，石刻嵌壁，千年神物，如或见之。右署曰“玉照堂”，壁间多嵌石刻，即阮元、李经羲、杭州景谦、福建丁某所为观梅诗。梅图与刻诗，游人多争拓之。阮诗声调极佳，传诵之人甚多。诗曰：“千岁梅花千尺潭，春风先到彩云南；香吹蒙凤龟兹笛，影伴天龙石佛龛；玉斧曾遭图外划，骊珠常向水中探；只嗟李杜无题句，不与逋仙季迪谈。”

览毕出观，折左下坡，复升坡，至薛尔望先生祠。祠舍颓败不堪，似非所以崇忠义者。壁嵌陈荣昌书撰墓文石刻，读之令人起敬。墓在祠左坡下，前立石碑，文曰：“明忠义薛尔望先生阖眷之墓。系清道光二十年云南提学使吴存义所题。”墓周绕以石垣，高约尺许，黑龙潭水外注成溪，环流墓前。另有墓表石碑，高耸道左，左文亦吴使所撰。墓表之前即黑龙潭，深不可测，俗称中潜神龙，祈雨即应。薛先生全家殉节处也。许弘勋题句云“寒潭千载洁，玉骨一堆香”，乃纪实而恰到佳处之作。对岸即黑龙宫，殿屋三进，游人多集其间饮茶。左岸有一亭榭，颜曰“起云阁”，阁门有额，曰“潭波印月”，字为广宁王继文所书，笔力遒劲。其左有珍珠泉，水涌如串珠，清澈见底。云南中学及省立一师学生，均集潭傍摄影，以志团体旅行，一师来邀共摄，余未加入，仅与同人合摄一影，留为纪念。

下午三时，首途返城。循渠道行，水清流缓，游鳞可数，岸植柏树，青翠欲滴。过上庄村，折右近山麓行，渠干无水，岸树成列。经街头村，村在道右，人烟颇多。至马村，道右有张逸仙君创设之红砖窑，省垣新式建筑多资之，营业极为发达。自此转过山头，昆明之北门城楼，已入眼帘。道右远处，白墙栉比，询为北校场及新旧营房。进北门，城楼颜曰“望京”，右即东陆大学后门。抵市礼堂，已五时四十五分。休息一小时，即赴教育司夜饮，席间破例无演说，饮至九时半，即已散席回寓。

今日所游两地，其最为吾人敬仰者，则为薛先生祠墓。按：先生名大观，字尔望，昆明人。其先江苏无锡人，明洪武中，迁云南。其妻杨氏，生子二女一。长子曰之翰，其妻孟氏。大观父子皆诸生，能文章，重然诺，以气节称重于云南。明朝国变，大观絜家隐居城北三十里之黑龙潭，父子诵习其间，誓弗出。逮戊戌岁，清兵入滇，永历出奔缅甸。大观闻之，呜咽啼泪，谓之翰曰："国君死社稷，臣死君义也。今日之事，虽天命不可以力争，顾独不可效死一战。乃崎岖域外，依小夷以求须臾活，岂可得乎？吾书生不能杀贼，计惟有一死，汝其勉之哉？"之翰泣对曰："父为国死，儿安能不为父死？"大观曰："汝死诚善，第汝母及汝妻皆在，将奈何？"当是时，杨氏孟氏皆在傍，乃曰："君父子为国死，吾姑妇独不能为君父子死耶？"时旁有婢曰锁儿者，抱大观幼子在怀，闻诸人语，乃前曰："主等死有名，婢子何以处此，婢子死亦可乎？"大观曰："婢为主死，亦义也。"于是相率登鱼楼，大观夫妇上坐，子妇拜，锁儿亦拜。拜毕，携手下楼，俱赴黑龙潭死之。明日，尸相率浮水上，幼子在婢怀，两手抱如故，道傍人举而葬之。先是，大观女适同邑邹生，是日随其夫避乱西山，距鱼楼数十里，兵至火起，其夫复他逃。女曰："呜呼！吾一妇人，将安逃？辱身非义，不如死也。"遂赴火而死。全家皆殉国之人，其忠义足感天地而泣鬼神，故特表而出之于此。

云南特产极多，兹先杂记数种于此：宣威火腿，质味俱优，视浙江金华所产，似尤过之。宣威属内皆产，而以红桥铺出品为最良。初不畅销，仅由其地农家，岁各烧猪一二只。故工作极精，味亦不咸，食之鲜而且佳。嗣以销场扩大，相率粗制滥造，争博厚利。即远距二三站者，亦均集中于红桥铺，出火腿就售顾客。寻以路远需时，腿易变味，乃加盐于腿以免腐坏，故烹食之，味咸而不鲜，近年佳腿极少，即坐此故。迤西各县，多产琥珀与茯苓二物。茯苓用为良药，琥珀制为物品（扇坠、烟嘴、纽扣、圆章之类），昆明市面，到处有卖。按《广雅》曰："琥珀生地中，其上及旁，不生草，深者八九尺，大如斛。削去皮尖，琥珀如斗，初时如桃胶，凝坚乃成。《博物志》云："松脂沦入地，千年化为茯苓，茯苓千年化为琥珀；则是二物又同源也。"云南茶花甲天下，多至七十二种，五色杂灿，艳同霞绮。其赤色者，花红似火，色鲜若珠，尊为省花，允无异词。闻安宁三泊地方，有大茶花，摘花运省，岁售千金。其地小学经费，半数取资于此，而城居中上人家，每到冬春之间，亦无不广种茶花。当盛开时，繁英艳质，照耀庭除，不可迫视。今日所游两胜，均有此种名花，兴趣殊不少也。云南盛产菌类，有鸡纵、虎掌、北风、黎窝，种种名色。以鸡纵为最上品，虎掌次之，北风、黎窝又次之。鸡纵之味，甘美绝伦。每于大雷雨后，生沙土中，或在松林。出土一日即宜采食，过五日则腐而虫生矣。滇人盐而脯之，熬液为菌油（即鸡纵油），尤为珍品。明熹宗最嗜此菌，云南岁驰驿以献。惟客魏得分赐少许，而张后不与焉，于此足征其珍贵矣。

## 十一月二日 阴

住昆明。用早点后，即偕湘帆、稚庄、绸卿、君亮诸君，赴省立第一师范学校，与此间留日同学，共摄一纪念影。茶会既毕，单独返寓，步游翠湖公园，盖身居翠湖之滨，行将兼旬，牵于团体行动，未尝漫游全湖，领略湖光秋色也。湖位昆明城内西北隅。亦称菜海子，即昔之九龙池，为沐氏别业柳营故址。传在明时，面积甚广。吴三桂藩滇时，曾填其半，以为其孙世璠府第，称洪化府。三桂败后，官吏深讳其名，改称承华园，今之讲武堂址，即其故墟。今所存者，则其湖之半也。自民国七年十月，云南政府筹款二万余元，收买人民私产，改建翠湖公园。八年二月兴工建筑，迄十一年七月，而唐公堤暨东西两端双节坊、湖心凉亭及湖边周围马路，均已次第告成，共费八万余金。洎昆明市政公所成立，改隶公所管辖，继续兴筑整理，刻尚未竟全功。

阮堤南端，新建一坊，榜曰翠湖公园，油漆犹新，傍有警察守望所一。入门循阮公堤北进（堤为阮文达公督滇时所筑），绿柳荫中，凉风习习，青翠沾衣，最适人意。道傍设有石凳，可供坐玩，虽不及飞来椅之安适，然得此亦足休憩随意。行至湖心禅莲桥右，见有西式建筑一列，榜曰云南陆军偕行社，滇省政府，用以招待各省军政界代表者也。社前湖中，傍唐堤处，有新建之二亭榭，尚未覆瓦。穿唐公堤而北（唐堤自东而西，与阮堤成十字形），阮堤左有古刹，名曰莲华禅院。俗呼海心亭，梵宇宏深，花木幽邃。其后院有亭，临放生池，名曰碧漪。绿水一泓，败荷三五，放生之鲤鲋，常俟游人之饵，而争食焉。禅院傍唐堤处，另有建筑一列，则东陆医院筹备处、翠湖公园事务所、绿杨村茶社、水流云在轩等，皆骈列其间。茶社游人满座，音歌盈耳，嘈杂不堪，颇败清兴。度一石桥，名曰定西，翘首西望，双节石坊，讲武校舍、兵工厂、造币厂之烟突，历历在目。

复前行数十武，左望湖中有一石湫，市民于中汲水浣衣，颇形拥挤。右有小桥，连接柴门，题曰影虹。堤系新筑，路松浮软，如履重茵。当道有亭，颜曰“个亭”，一柱独擎，形若大伞。上覆棕叶，下设圆形石案，环以石鼓六只，以供游人休憩。又百余武，复有新建瓦亭，名曰锁翠，栋梁皆垩绿色，而以红栏绕之。亭前另有堤路，以通莲华禅院与绿杨村茶社。就亭少休，再缓步前进，遥见湖中标有小旗，询为新近发现之温泉泉源所在。行近阮堤之处，有一木坊耸立，上署“寻芳处”三字，对面即云南图书馆前门。前曾往观书画展览会，因未入馆重游。乃循阮堤而南，古柳参天，交荫道中。过靖北桥，经海心亭，折循唐堤。道树新植，尚未成荫。左望湖中，洋榭一列，闻将建为电影场者。榭后远处，复有一亭，宛在水中。立而望之，余所寓之市礼堂，即在对岸，若有莲舟，直可破湖径归去矣。唐堤东端，亦有双节石坊，石坊对面，钱南园先生祠在焉。折左循湖滨马路返寓，时已正午，稍为休息，即赴教育会午膳。

下午，教联会开第六次大会，通过八案：（一）组设学业成绩考试委员会，云南提出。议决办法：（甲）组织：（1）本校教职员，加入专科人员，共同组设。（2）行政机关与学校联合组设。（乙）方法：（3）由会规定适当之考试方法，期促进学生平时学业之修养，与临时表现之正确。（丙）权责：（4）研究改善考试方法。（5）具考试全权。（丁）附项：（6）本办法适用于中等学校，但其他学校，亦得参照办理。（7）期民国十三年试办，于下届大会报告成绩。陈部并缄各省区执行。（二）实施社会教育办法，河南提出。议决办法：（1）实行历届议案。（2）划定经费。（3）视学认真督促，列入考成。（三）各省区规定校长资格，山东提出。决议由各省区按地方情形，自订适当资格，以原案备参考。（四）慎重编审中小学教科书，贵州提出。议决办法：（1）请教部慎重审定。（2）缄各省区转各校，对教科书如发现谬误，即缄请原编辑发行所订正。以上三案，均陈部缄各省区，请其照案执行。（五）分别调查小学教材以资编订，由云南、吉林两案修并而成。议决办法：（1）小学教科，按各科性质，酌分地方及全国两项，适当分配。（2）函商务印书馆、中华书局，协商合组通讯机关，收受各省区教材调查函件。（3）各省区教育会，组织教材调查会，于十三年十月前交出报告于前项机关。（4）缄商务、中华两书局，照第一条规定，分别编辑；或由各地方将地方部分，自编补充。缄各省区及商务印书馆、中华书局，分别执行。（六）各学校宜利用星期日，令学生为有益身心之修养，浙江提出。决议照案通过，陈部缄各省区执行。（七）提倡设立公共图书馆与巡回文库，山西提出，议决缄各省区执行：（1）就繁盛地点先设，渐推广于村镇。（2）如限于财力，先就学校附设，采取公开办法。（3）劝导富户捐设。（4）详细办法，由各地方酌定。（八）续组委员会，草拟师范及职业科课程标准纲要，江西提出。议决陈教育部。缄各省区并缄中华职业教育社，通力合作：（1）由大会选五人组织委员会。（2）以六个月为期。（3）各省教育会各任经费五十元，区会减半。（4）委员会延请专家拟订草案，征集各省区意见，俟复缄判后，再加厘定，送教联会事务所。陈部缄各省区暨中华职业教育社，分别执行。

大会散后，顺往得意春姚维藩处闲谈。旋赴中华分局，嘱将所购云南图籍及各处赠书，由邮寄沪；以定五日首途，恐致行李累重也。所事既毕，天时尚早，乃绕道小西门正街、承华圃街一带，缓步归寓。略事休憩，复偕同人赴云南图书馆就云南童子军联合会公宴。云南各校，已办童子军者，省城有九百余人，外县共二千余人。所用服装，同于学校制服，既便服务，复不惹起社会特别注意，可谓法良意美。教联会已采取其制，并议决缄各省区照办矣。九时席散，复循阮堤而南，领略翠湖夜境，信步前进，不觉走入小西门正街。天适微雨，因在某家小憩，移时雨止，始往中华分局，为王训庭君办理借款交涉。十一时半归寓，整理本日日记，并作致沪、粤及家缄，精神犹不感觉疲倦。足征运动身体，自以步游名胜为最上策；休养精神，亦以享受自然之美为最合宜也。

# 滇行短记

老舍

本文记述了作者在昆明生活的两个半月里的所见所感。不管是写人写景，还是记叙生活琐事，虽没有华丽的语言，只是一些简单平实的文字，但却让人倍感亲切，与其他绚丽的游记相比别具一格。

## 一

总没学会写游记。这次到昆明住了两个半月，依然没学会写游记，最好还是不写。但友人嘱寄短文，并以滇游为题。友情难违；就想起什么写什么。另创一格，则吾岂敢，聊以塞责，颇近似之，惭愧得紧！

## 二

八月二十六日早七时半抵昆明。同行的是罗莘田先生。他是我的幼时同学，现在已成为国内有数的音韵学家。老朋友在久别之后相遇，谈些小时候的事情，都快活得要落泪。

他住昆明青云街靛花巷，所以我也去住在那里。

住在靛花巷的，还有郑毅生先生，汤老先生，袁家骅先生，许宝騄先生，郁泰然先生。

毅生先生是历史家，我不敢对他谈历史，只能说些笑话，汤老先生是哲学家，精通佛学，我偷偷地读他的晋魏六朝佛教史，没有看懂，因而也就没敢向他老人家请教。家骅先生在西南联大教授英国文学，一天到晚读书，我不敢多打扰他，只在他泡好了茶的时候，搭讪着进去喝一碗，赶紧告退。他的夫人钱晋华女士常来看我。到吃饭的时候每每是大家一同出去吃价钱最便宜的小馆。宝騄先生是统计学家，年轻，瘦瘦的，聪明绝顶。我最不会算术，而他成天的画方程式。他在英国留学毕业后，即留校教书，我想，他的方程式必定画得不错！假若他除了统计学，别无所知，我只好闭口无言，全没办法。可是，他还会唱三百多出昆曲。在昆曲上，他是罗莘田先生与钱晋华女士的“老师”。罗先生学昆曲，是要看看制曲与配乐的关系，属于哪声的字容或有一定的谱法，虽腔调万变，而不难找出个作谱的原则。钱女士学昆曲，因为她是个音乐家。我本来学过几句昆曲，到这里也想再学一点。可是，不知怎的一天一天地度过去，天天说拍曲，天天一拍也未拍，只好与许先生约定：到抗战胜利后，一同回北平去学，不但学，而且要彩唱！郁先生在许多别的本事而外，还会烹调。当他有工夫的时候，便做一二样小菜，沽四两市酒，请我喝两杯。这样，靛花巷的学者们的生活，并不寂寞。当他们用功的时候，我就老鼠似的藏在一个小角落里读书或打盹；等他们离开书本的时候，我也就跟着“活跃”起来。

此外，在这里还遇到杨今甫、闻一多、沈从文、卞之琳、陈梦家、朱自清、罗膺中、魏建功、章川岛……诸位文坛老将，好像是到了“文艺之家”。关于这些位先生的事，容我以后随时报告。

## 三

靛花巷是条只有两三人家的小巷，又狭又脏。可是，巷名的雅美，令人欲忘其陋。

昆明的街名，多半美雅。金马碧鸡等用不着说了，就是靛花巷附近的玉龙堆，先生坡，也都令人欣喜。

靛花巷的附近还有翠湖，湖没有北平的三海那么大，那么富丽，可是，据我看：比什刹海要好一些。湖中有荷蒲；岸上有竹树，颇清秀。最有特色的是猪耳菌，成片的开着花。此花叶厚，略似猪耳，在北平，我们管它叫作凤眼兰，状其花也；花瓣上有黑点，像眼珠。叶翠绿，厚而有光；花则粉中带蓝，无论在日光下，还是月光下，都明洁秀美。

云南大学与中法大学都在靛花巷左右，所以湖上总有不少青年男女，或读书，或散步，或划船。昆明很静，这里最静；月明之夕，到此，谁仿佛都不愿出声。

## 四

昆明的建筑最似北平，虽然楼房比北平多，可是墙壁的坚厚，椽柱的雕饰，都似“京派”。

花木则远胜北平。北平讲究种花，但夏天日光过烈，冬天风雪极寒，不易把花养好。昆明终年如春，即使不精心培植，还是到处有花。北平多树，但日久不雨，则叶色如灰，令人不快。昆明的树多且绿，而且树上时有松鼠跳动！入眼浓绿，使人心静，我时时立在楼上远望，老觉得昆明静秀可喜；其实呢，街上的车马并不比别处少。

至于山水，北平也得有愧色，这里，四面是山，滇池五百里——北平的昆明湖才多么一点点呀！山土是红的，草木深绿，绿色盖不住的地方露出几块红来，显出一些什么深厚的力量，教昆明城外到处人感到一种有力的静美。

四面是山，围着平坝子，稻田万顷。海田之间，相当宽的河堤有许多道，都有几十里长，满种着树木。万顷稻，中间画着深绿的线，虽然没有怎样了不起的特色，可也不是怎的总看着像画图。

## 五

在西南联大讲演了四次。

第一次讲演，闻一多先生作主席。他谦虚地说：大学里总是作研究工作，不容易产出活的文学来……我答以：抗战四年来，文艺写家们发现了许多文艺上的问题，诚恳的去讨论。但是，讨论的第二步，必是研究，否则不易得到结果；而写家们忙于写作，很难静静的坐下去作研究；所以，大学里作研究工作，是必要的，是帮着写家们解决问题的。研究并不是崇古鄙今，而是供给新文艺以有益的参考，使新文艺更坚实起来。譬如说：这两年来，大家都讨论民族形式问题，但讨论的多半是何谓民族形式，与民族形式的源泉何在；至于其中的细腻处，则必非匆匆忙忙的所能道出，而须一项一项的细心研究了。近来，罗莘田先生根据一百首北方俗曲，指出民间诗歌用韵的活泼自由，及十三辙的发展，成为小册。这小册子虽只谈到了民族形式中的一项问题，但是老老实实详详细细的述说，绝非空论。看了这小册子，至少我们会明白十三辙已有相当长久的历史，和它怎样代替了官样的诗韵；至少我们会看出民间文艺的用韵是何等活动，何等大胆——也就增加了我们写作时的勇气。罗先生是音韵学家，可是他的研究结果就能直接有助于文艺的写作，我愿这样的例子一天比一天多起来。

## 六

正是雨季，无法出游。讲演后，即随莘田下乡——龙泉村。村在郊北，距城约二十里，北大文科研究所在此。冯芝生、罗膺中、钱端升、王了一，陈梦家诸教授都在村中住家。教授们上课去，须步行二十里。

研究所有十来位研究生，生活至苦，用工极勤。三餐无肉，只炒点“地蛋”丝当作菜。我既佩服他们苦读的精神，又担心他们的健康。莘田患恶性摆子，几位学生终日伺候他，犹存古时敬师之道，实为难得。

莘田病了，我就写剧本。

## 七

研究所在一个小坡上——村人管它叫“山”。在山上远望，可以看见蟠龙江。快到江外的山坡，一片松林，是黑龙潭。晚上，山坡下的村子都横着一些轻雾；驴马带着铜铃，顺着绿堤，由城内回乡。

冯芝生先生领我去逛黑龙潭，徐旭生先生住在此处。此处有唐梅宋柏；旭老的屋后，两株大桂正开着金黄花。唐梅的干甚粗，但活着的却只有二三细枝——东西老了也并不一定好看。

坐在石凳上，旭老建议：中秋夜，好不好到滇池去看月；包一条小船，带着乐器与酒果，泛海竟夜。商议了半天，毫无结果。（一）船价太贵。（二）走到海边，已须步行二十里，天亮归来，又须走二十里，未免太苦。（三）找不到会玩乐器的朋友。看滇池月，非穷书生所能办到的呀！

## 八

中秋。莘田与我出了点钱，与研究所的学员们过节。吴晓铃先生掌灶，大家帮忙，居然作了不少可口的菜。饭后，在院中赏月，有人唱昆曲。午间，我同两位同学去垂钓，只钓上一二条寸长的小鱼。

## 九

莘田病好了一些。我写完了话剧《大地龙蛇》的前二幕。约了膺中、了一和众研究生，来听我朗读。大家都给了些很好的意见，我开始修改。

对文艺，我实在不懂得什么，就是愿意学习，最快活的，就是写得了一些东西，对朋友们朗读，而后听大家的批评。一个人的脑子，无论怎样的缜密，也不能教作品完全没有漏隙，而旁观者清，不定指出多少窟窿来。

## 十

从文和之琳约上呈贡——他们住在那里，来校上课须坐火车。莘田病刚好，不能陪我去，只好作罢。我继续写剧本。

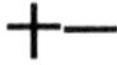

岗头村距城八里，也住着不少的联大的教职员。我去过三次，无论由城里去，还是由龙泉村去，路上都很美。走二三里，在河堤的大树下，或在路旁的小茶馆，休息一下，都使人舍不得走开。

村外的小山上，有涌泉寺，和其他的云南的寺院一样，庭中有很大的梅树和桂树。桂树还有一株开着晚花，满院都是香的。庙后有泉，泉水流到寺外，成为小溪；溪上盛开着秋葵和说不上名儿的香花，随便折几枝，就够插瓶的了。我看到一两个小女学生在溪畔端详哪枝最适于插瓶——涌泉寺里是南菁中学。

在南菁中学对学生说了几句话。我告诉他们：各处缠足的女子怎样在修路，抬土，作着抗建的工作。章川岛先生的小女儿下学后，告诉她爸爸：“舒伯伯挖苦了我们的脚！”

## 十二

离龙泉村五六里，为凤鸣山。出上有庙，庙有金殿——一座小殿，全用铜筑。山与庙都没什么好看，倒是遍山青松，十分幽丽。

云南的松柏结果都特别的大。松塔大如菠萝，柏实大如枣。松子几乎代替了瓜子，闲着没事的时候，大家总是买些松子吃着玩，整船的空的松塔运到城中；大概是作燃料用，可是凤鸣山的青松并没有松塔儿，也许是另一种树吧，我叫不上名字来。

## 十三

在龙泉树，听到了古琴。相当大的一个院子，平房五六间。顺着墙，丛丛绿竹。竹前，老梅两株，瘦硬的枝子伸到窗前。巨杏一株，阴遮半院。绿阴下，一案数椅，彭先生弹琴，查先生吹箫；然后，查先生独奏大琴。

在这里，大家几乎忘了一切人世上的烦恼！

这小村多么污浊呀，路多年没有修过，马粪也数月没有扫除过，可是在这有琴音梅影的院子里，大家的心里却发出了香味。

查阜西先生精于古乐。虽然他与我是新识，却一见如故，他的音乐好，为人也好。他有时候也作点诗——即使不作诗，我也要称他为诗人呵！

与他同院住的是陈梦家先生夫妇，梦家现在正研究甲骨文。他的夫人，会几种外国语言，也长于音乐，正和查先生学习古琴。

## 十四

在昆明两月，多半住在乡下，简直的没有看见什么。城内与郊外的名胜几乎都没有看到。战时，古寺名山多被占用；我不便为看山访古而去托人情，连最有名的西山，也没有能去。在城内靛花巷住着的时候，每天我必倚着楼窗远望西山，想像着由山上看滇池，应当是怎样的美丽。山上时有云气往来，昆明人说："有雨无雨看西山。"山峰被云遮住，有雨，峰还外露，虽别处有云，也不至有多大的雨。此语，相当的灵验。西山，只当了我的阴晴表，真面目如何，恐怕这一生也不会知道了；哪容易再得到游昆明的机会呢！

到城外中法大学去讲演了一次，本来可以顺脚去看筑竹寺的五百罗汉塑像。可是，据说也不能随便进去，况且，又落了雨。

连城内的园通公园也只可游览一半，不过，这一半确乎值得一看。建筑的大方，或较北平的中山公园还好一些；至于石树的幽美，则远胜之，因为中山公园太"平"了。

同查阜西先生逛了一次大观楼。楼在城外湖边，建筑无可观，可是水很美。出城，坐小木船。在稻田中间留出来的水道上慢慢地走。稻穗黄，芦花已白，田坝旁边偶尔还有几穗凤眼兰。远处，万顷碧波，缓动着风帆——到昆阳去的水路。

大观楼在公园内，但美的地方却不在园内，而在园外。园外是滇池，一望无际。湖的气魄，比西湖与颐和园的昆明池都大得多了。在城市附近，有这么一片水，真使人狂喜。湖上可以划船，还有鲜鱼吃。我们没有买舟，也没有吃鱼，只在湖边坐了一会看水。天上白云，远处青山，眼前是一湖秋水，使人连诗也懒得作了。作诗要去思索，可是美景把人心融化在山水风花里，像感觉到一点什么，又好像茫然无所知，恐怕坐湖边的时候就有这种欣悦吧？在此际还要寻词觅字去作诗，也许稍微笨了一点。

## 十五

剧本写完，今年是我个人的倒霉年。春初即患头晕，一直到夏季，几乎连一个字也没有写。没想到，在昆明两月，倒能写成这一点东西——好坏是另一问题，能动笔总是件可喜的事。

## 十六

剧本既已写成，就要离开昆明，多看一些地方。从文与之琳约上呈贡，因为莘田病初好，不敢走路，没有领我去，只好延期。我很想去，一来是听说那里风景很好，二来是要看看之琳写的长篇小说！——已经写了十几万字，还在继续的写。

## 十七

查阜西先生愿陪我去游大理。联大的友人们虽已在昆明二三年，还很少有到过大理的。大家都盼望我俩的计划能实现。于是我们就分头去接洽车子。

有几家商车都答应了给我们座位，我们反倒难于决定坐哪一家的了。最后，决定坐吴晓铃先生介绍的车，因为一行四部卡车，其中的一位司机是他的弟弟。兄弟俩一定教我们坐那部车，而且先请我们吃了饭，吃饭的时候，我笑着说："这回，司机可教黄鱼给吃了！"

## 十八

一上了滇缅公路，便感到战争的紧张；在那静静的昆明城里，除了有空袭的时候，仿佛并没有什么战争与患难的存在。在我所走过的公路中，要算滇缅公路最忙了，车，车，车，来的，去的，走着的，停着的，大的，小的，到处都是车！我们所坐的车子是商车，这种车子可以搭一两个客，客人按公路交通车车价十分之二买票。短途搭脚的客人，只乘三五十里，不经过检查站，便无须打票，而作黄鱼；这是司机车的一笔"外找"。官车有押车的人，黄鱼不易上去；这批买卖多半归商车作。商车的司机薪水既高，公物安全的到达，还有奖金；薪水与奖金凑起来，已近千元，此外且有外找，差不多一月可以拿到两三千元。因为入款多，所以他们开车极仔细可靠。同时，他们也敢享受。公家车子的司机待遇没有这么高，而到处物价都以商车司机的阔气为标准，所以他们开车便理直气壮。据说，不久的将来，沿途都要为司机们设立招待所，以低廉的取价，供给他们相当舒适的食宿，使他们能饱食安眠，得到一些安慰。我希望这计划能早早实现！

第一天，到晚八时余，我们才走了六十三公里！我们这四部车没有押车的，因为押车的既没法约束司机，跟来是自讨无趣，而且时时耽误了工夫——一与司机冲突，则车不能动——一到时候交不上货去。押车员的地位，被司机的班长代替了，而这位班长绝对没有办事的能力。已走出二十公里，他忘记了交货证；回城去取。又走了数里，他才想起，没有带来机油，再回去取来！商车，假若车主不是司机出身，只有赔钱！

六十三公里的地方，有一家小饭馆，一位广东老人，不会说云南话，也不会说任何异于广东话的言语，作着生意。我很替他着急，他却从从容容的把生意作了；广东人的精神！

没有旅馆，我们住在一家人家里。房子很大，院中极脏。又赶上落了一阵雨，到处是烂泥，不幸而滑倒，也许跌到粪堆里去。

## 十九

第二天一早动身，过羊老哨，开始领略出滇缅路的艰险。司机介绍，从此到下关，最险的是圾山坡和天子庙，一上一下都有二十多公里。不过，这样远都是小坡，真正危险的地方还须过下关才能看到；有的地方，一上要一整天，一下又要一整天！

山高弯急，比川陕与西兰公路都更险恶。说到这里，也就难怪司机们要享受一点了，这是玩命的事啊！我们的司机，真谨慎：见迎面来车，马上停住让路；听后面有响声，又立刻停住让路；虽然他开车的技巧很好，可是一点也不敢大意。遇到大坡，车子一步一哼，不肯上去，他探着身（他的身量不高），连眼皮似乎都不敢眨一眨。我看得出来，到下午三四点钟的时候，他已经有点支持不住了。

在禄丰打尖，开铺子的也多是广东人。县城距公路还有二三里路，没有工夫去看。打尖的地方是在公路旁新辟的街上。晚上宿在镇南城外一家新开的旅舍里，什么设备也没有，可是住满了人。

## 二十

第三天经过圾山坡及天子庙两处险坡。终日在山中盘旋。山连山，看不见村落人烟。有的地方，松柏成林；有的地方，却没有多少树木。可是，没有树的地方，也是绿的，不像北方大山那样荒凉。山大都没有奇峰，但浓翠可喜；白云在天上轻移，更教青山明媚。高处并不冷，加以车子越走越热，反倒要脱去外衣了。

晚上九点，才到下关车站。几乎找不到饭吃，因为照规矩须在日落以前赶到，迟到的便不容易找到东西吃了。下关在高处，车子都停在车站。站上的旅舍饭馆差不多都是新开的，既无完好的设备，价钱又高，表示出“专为赚钱，不管别的”的心理。

公路局设有招待所，相当的洁净，可是很难有空房。我们下了一家小旅舍，门外没有灯，门内却有一道臭沟，一进门我就掉在沟里！楼上一间大屋，设床十数架，头尾相连，每床收钱三元。客人们要有两人交谈的，大家便都需陪着不睡，因为都在一间屋子里。

这样的旅舍要三元一铺，吃饭呢，至少须花十元以上，才能吃饱。司机者的花费，即使是绝对规规矩矩，一天也要三四十元咧。

## 二十一

下关的风，上关的花，苍山的雪，洱海的月，为大理四景。据说下关的风虽多，而不进屋子。我们没遇上风，不知真假。我想，不进屋子的风恐怕不会有，也许是因这一带多地震，墙壁都造得特别厚，所以屋中不大受风的威胁吧。

早晨，车子都开了走，下关便很冷静；等到下午五六点钟的时候，车子都停下，就又热闹起来。我们既不愿白日在旅馆里呆坐，也不喜晚间的嘈杂，便马上决定到喜洲镇去。

由下关到大理是三十里，由大理到喜洲镇还有四十五里。看苍山，以在大理为宜；可是喜洲镇有我们的朋友，所以决定先到那里去。我们雇了两乘滑竿。

这里抬滑竿的多数是四川人。本地人是不愿卖苦力气的。

离开车站，一拐弯便是下关。小小的一座城，在洱海的这一端，城内没有什么可看的。穿出城，右手是洱海，左手是苍山，风景相当的美。可惜，苍山上并没有雪；据轿夫说，是几天没下雨，故山上没有雪——地上落雨，山上就落雪，四季皆然。

到处都有流水，是由苍山流下的雪水。缺雨的时候，即以雪水灌田，但是须向山上的人购买；钱到，水便流过来。

沿路看到整齐坚固的房子，一来是因为防备地震，二来是石头方便。

在大理城内打尖。长条的一座城，有许多家卖大理石的铺子。铺店的牌匾也有用大理石作的，圆圆的石块，嵌在红木上，非常的雅致。城中看不出怎样富庶，也没有多少很体面的建筑，但是在晴和的阳光下，大家从从容容的作着事情，使人感到安全静美。谁能想到，这就是杜文秀抵抗清兵十八年的地方啊！

太阳快落了，才看到喜洲镇。在路上，被日光晒得出了汗；现在，太阳刚被山峰遮住，就感到凉意。据说，云南的天气是一岁中的变化少，一日中的变化多。

## 二十二

洱海并不像我们想像的那么美。海长百里，宽二十里，是一个长条儿，长而狭便一览无余，缺乏幽远或苍茫之气；它像一条河，不像湖。还有，它的四面都是山，可是山——特别是紧靠湖岸的——都不很秀，都没有多少树木。这样，眼睛看到湖的彼岸，接着就是些平平的山坡了；湖的气势立即消散，不能使人凝眸伫视——它不成为景！

湖上的渔帆也不多。

喜洲镇却是个奇迹。我想不起，在国内什么偏僻的地方，见过这么体面的市镇，远远的就看见几所楼房，孤立在镇外，看样子必是一所大学校。我心中暗喜；到喜洲来，原为访在华中大学的朋友们；假若华中大学有这么阔气的楼房，我与查先生便可以舒舒服服的过几天了。及仔细一打听，才知道那是五台中学，地方上士绅捐资建筑的，花费了一百多万，学校正对着五台高峰，故以五台名。

一百多万！是的，这里的确有出一百多万的能力。看，镇外的牌坊，高大，美丽，通体是大理石的，而且不止一座呀！

进到镇里，仿佛是到了英国的剑桥，街旁到处流着活水：一出门，便可以洗菜洗衣，而污浊立刻随流而逝。街道很整齐，商店很多。有图书馆，馆前立着大理石的牌坊，字是贴金的！有警察局。有像王宫似的深宅大院，都是雕梁画柱。有许多祠堂，也都金碧辉煌。

不到一里，便是洱海。不到五六里便是高山。山水之间有这样的一个镇市，真是世外桃源啊！

# 二十三

华中大学却在文庙和一所祠堂里。房屋又不够用，有的课室只像卖香烟的小棚子。足以傲人的，是学校有电灯。校车停驶，即利用车中的马达磨电。据说，当电灯初放光明的时节，乡人们“不远千里而来”“观光”。用不着细说，学校中一切的设备，都可以拿这样的电灯作象征——设尽方法，克服困难。

教师们都分住在镇内，生活虽苦，却有好房子住。至不济，还可以租住阔人们的祠堂——即连壁上都嵌着大理石的祠堂。

四年前，我离家南下，到武汉便住在华中大学。隔别三载，朋友们却又在喜洲相见，是多么快活的事呀！住了四天，天天有人请吃鱼：洱海的鱼拿到市上还欢跳着。“留神破产呀！”客人发出警告。可是主人们说：“谁能想到你会来呢？！破产也要痛快一下呀！”

我给学生们讲演了三个晚上，查先生讲了一次。五台中学也约去讲演，我很怕小学生们不懂我的言语，因为学生们里有的是讲民家话的。民家话属于哪一语言系统，语言学家们还正在讨论中。在大理城中，人们讲官话，城外便要说民家话了。到城里作事和卖东西的，多数的人只能以官话讲价钱，和说眼前的东西的名称，其余的便说不上来了。所谓“民家”者，对官家军人而言，大概在明代南征的时候，官吏与军人被称为官家与军家，而原来的居民便成了民家。

民家人是谁？民家语是属于哪一系统？都有人正在研究。民家人的风俗、神话、历史，也都有研究的价值。云南是学术研究的宝地，人文而外，就单以植物而言，也是兼有温带与寒带的花木啊。

## 二十四

游了一回洱海，可惜不是月夜。湖边有不少稻田，也有小小的村落。阔人们在海中建起别墅别有天地。这些人是不是发国难财的，就不得而知了。

也游了一次山，山上到处响着溪水，东一个西一个的好多水磨。水比山还好看！苍山的积雪化为清溪，水浅绿，随处在石块左右，翻起白花，水的声色，有点像瑞士的。

山上有罗刹阁。菩萨化为老人，降伏了恶魔罗刹父子，压于宝塔之下。这类的传说，显然是佛教与本土的神话混合而成的。经过分析，也许能找出原来的宗教信仰，与佛教输入的情形。

## 二十五

此地，妇女们似乎比男人更能干。在田里下力的是妇女，在场上卖东西的是妇女，在路上担负粮柴的也是妇女。妇女，据说，可以养着丈夫，而丈夫可以在家中安闲的享福。

妇女的装束略同汉人，但喜戴些零七八碎的小装饰。很穷的小姑娘老太婆，尽管衣裙破旧，也戴着手镯。草帽子必缀上两根红绿的绸带。她们多数是大足，但鞋尖极长极瘦，鞋后跟钉着一块花布，表示出也近乎缠足的意思。

听说她们很会唱歌，但是我没有听见一声。

## 二十六

由喜洲回下关，并没在大理停住，虽然华中的友人给了我们介绍信，在大理可以找到住处。大理是游苍山的最合适的地方。我们所以直接回下关者，一来因为不愿多打扰生朋友，二来是车子不好找，须早为下手。

回到下关，范会连先生来访，并领我们去洗温泉。云南这一带温泉很多，而且水很热。我们洗澡的地方，安有冷水管，假若全用泉水，便热得下不去脚了。泉下，一个很险要的地方，两面是山，中间是水，有一块碑，刻着汉诸葛武侯擒孟获处。碑是光绪年间立的，不知以前有没有？

范先生说有小车子回昆明，教我们乘搭。在这以前，我们已交涉好滇缅路交通车，即赶紧辞退，可是，路局的人员约我去演讲一次。他们的办公处，在湖边上，一出门便看见山水之胜。小小的一个聚乐部，里面有些书籍。职员之中，有些很爱好文艺的青年。他们还在下关演过话剧。他们的困难是找不到合适的剧本。他们的人少，服装道具也不易置办，而得到的剧本，总嫌用人太多，场面太多，无法演出。他们的困难，我想，恐怕也是各地方的热心戏剧宣传者的困难吧，写剧的人似乎应当注意及此。

讲演的时候，门外都站满了人。他们不易得到新书，也不易听到什么，有朋自远方来，当然使他们兴奋。

在下关旅舍里，遇见一位新由仰光回来的青年，他告诉我：海外是怎样的需要文艺宣传。有位“常任侠”——不是中大的教授——声言要在仰光等处演戏，需钱去接来演员。演员们始终没来一个，而常君自己已骗到手十多万！

## 二十七

小车子一天赶了四百多公里，早六时半出发，晚五时就开到了昆明。

预备作两件事：一件是看看滇戏，一件是上呈贡。滇戏没看到，因为空袭的关系，已很久没有彩唱，而只有“坐打”。呈贡也没去成。预定十一月十四日起身回渝，十号左右可去呈贡，可是忽然得到通知，十号可以走，破坏了预定计划。

十日，恋恋不舍地辞别了众朋友。

# ㊁ 昆明山水：滇池霜浸碧鸡寒

# 初到滇池

［元］李京

滇池，亦被称为昆明湖、昆明池、滇海等，位于昆明西南。春寒渐弱，雨后初晴，诗人初来昆明滇池边游玩，沐浴在春风里，满目的异地风情，即使听不懂当地的语言，也依旧感到赏心悦目，无比的轻松、畅意。

嫩寒初褪雨初晴，人逐东风马足轻。
天际孤城烟外暗，云间双塔日边明。
未谙习俗人争笑，乍听侏儒我一惊。
珍重碧鸡山上月，相随万里更多情。

# 滇池赋

［元］王昇

作者登太华，游华亭，纵览昆明名胜古迹，并将所见所闻都系统地记录下来。于是，成就了这篇较早系统描绘昆明美景的文章。后人根据此文，将昆明名胜概括为碧鸡、金马、玉案、商山、五华、三市、双塔、一桥，即现在众所周知的“昆明八景”。

晋宁之北，中庆之阳，一碧万顷，渺渺茫茫。控滇阳而蘸西山，瞰龟城而吞盘江。阴风澄兮不惊，玻璃莹兮空明晴晖；澹苍凉之景，渔翁作欸乃之声。蛟鼍载出而载没，鱼龙或变而或腾。岸芷兮馥馥，汀兰兮青青。粤穷其源，合众派而为滚爰，究其流乃自西而之东。不假乎冯夷之力，不劳乎神禹之功；自混沌之肇判，经螳川而朝宗。电光之迅兮，不足以仿其急；雷声之轰兮，未足以拟其雄。此滇池气象之宏伟，难以言语而形容者也。

予归自于神州，寻旧庐于林丘；怀往日之壮游，泛孤艇于中流。薄雾兮乍敛，轻烟兮初收，晴光兮浴日，爽气兮横秋。川源渺兮莽苍，江山郁兮绸缪。鸿雁集于沙渚，凫鹭翔于汀州。睹景物之萧萧，纵一叶之悠悠。少焉，雪波兮凌空，霜涛兮叠重；荡上下之天光，接灏气之鸿蒙。

叹濯缨之靡暇，乃系缆于岩丛；发长啸于云端，寄尘迹于嵱巃。探华亭之幽趣，登太华之层峰；览黔南之胜概，指八景之陈迹。碧鸡峭拔而岌嶪，金马逶迤而玲珑；玉案峨峨而耸翠，商山隐隐而攒穹。五华钟造化之秀，三市当闾阎之冲；双塔挺擎天之势，一桥横贯日之虹。千艘蚁聚于云津，万舶蜂屯于城垠，致川陆之百物，富昆明之众民。

迨我元之统治兮，极覆载而咸宾；矧云南之辽远兮，久沾被于皇恩。惟朝贡之是勤兮，犀象接迹而骁骁。如此池之趍海兮，亘昼夜之靡停。因而歌曰：万派朝宗兮，海宇穹窿；神圣膺运兮，车书大同。

# 昆明池歌

［明］顾应祥

漫游在这滇池边，作者看着阴晴不定天气下的奇观，捕捉着那瞬息万变的美，想象着千百年来的历史变迁给这里涂上了不一样的颜色。于是，满腔的情绪，一半是欣喜，一半是感恩。

昆明池延袤数百里，千山万水直至崐仑来，诸山之水汇于此。相传其水颠倒流，滇池之名由此始。左有金马山，右有碧鸡峰，弥漫浩瀚渺无际，但见洪涛巨浪，日夕排苍空。青天忽惊白日起，霹雳震撼蛟龙宫，天兵水怪，九首八足，不可以名状，时复出没于其中。有时风恬波浪息，一碧万倾开青铜。

其广也如此，胡为乎不在九域之内，不得与五湖七潭相争雄。神禹治水迹不到，穆王八骏难为穷。汉武凿池徒彷佛，王褒将命何匆匆？唐宋以来各僭据，声教不与中国通。天开景运圣人出，一扫海内群邪空。五服之外更五服，俯首授命旧提封。侏儺椎结之类，吾不知其几千万种，礼乐不异车书同。眇余生当全胜日，观风两度乘青骢。古来多少豪杰士。局于偏安之世，不得一洗块磊胸，百年过眼一弹指，得此胜揽真奇逢。振衣独立太华顶，征歌目断孤飞鸿。

# 昆阳望海

［明］杨慎

遥望那昆明湖，诗人眼前是一片烟峦海树、金碧滉漾。奈何，如此乐景也消不了满心的苦闷。无法实现的梦想，时时刻刻困扰着他。这份心情，再绚烂的风景亦无法治愈。

昆明波涛南纪雄，金碧滉漾银河通。
平吞万里象马国，直下千尺蛟龙宫。
天外烟峦分点缀，云中海树入空蒙。
乘槎破浪非吾事，已斩鱼竿狎钓翁。

# 滇海曲十二首

［明］杨慎

滇海，即滇池、昆明湖，此诗以滇池为中心，滇南的史迹风物跃然纸上，前所未有。细致的观察力源于对此地的热爱。

梁王阁榭水中央，乌鹊双星带五潢，
跨海虹桥三十里，广寒宫殿夜飘香。

碧鸡金马古梁州，铜柱嵯峨天际头。
试问平滇功第一，逢人惟说颍川侯。

化城楼阁壮人寰，泽国封疆镇两关。
云气开成银色界，天工斫出点苍山。

叶榆巨浸环三岛，益部雄都控百蛮。
神禹导河双洱水，武侯征路七星关。

沙金水贝出西荒，桃竹橦花贡上方。

香象渡河来佛子，白狼盘木拜夷王。

琱房草阁瞰夷庭，侧岛悬厓控绝陉。
鸡足已穷章亥步，鹫头空入梵王经。

孤戍平溪望大荒，边愁海思入苍茫。
帝乡东北仙云隔，僰道西南媚景长。

昆明池水三百里，汀花海藻十洲连。
使者乘槎曾不到，空劳武帝御楼船。

湖荡鱼虾晨积场，市桥灯火夜交光。
油牕洞户吴商肆，罗帕封颐僰妇妆。

苹香波暖泛云津，渔枻樵歌曲水滨。
天气常如二三月，花枝不断四时春。

煮海艖郎暝漉沙，避风仙客夜乘槎。
雪浮粳稻压春酒，霞嚼槟榔呼早茶。

海滨龙市趁春畲，江曲鱼村弄晚霞。
孔雀行穿鹦鹉树，锦莺飞啄杜鹃花。

# 游太华山记

[明]张佳胤

本文是一篇游记散文，记述了作者在碧鸡关、华亭寺、太华寺、灵宫殿、玉皇阁的所见所闻所感，生动地再现了昆明西山风景之美。如此鲜活的描绘，在未到达此地的人面前展开了一处绝境，不禁让人有种亲自抵达的错觉。

游温泉之明日，发安宁，东逾碧鸡关，循山径南行。径左右多花竹，流水藤樾交荫。左顾滇池，茭苇霜枯，如黄云布碧汉中。稍下，为高峣村，帆樯鳞次，盖贾人买舟处。中有海庄一区，昔杨太史慎，谪戍居此，垂四十年卒。余作诗吊之。

又南行，西陟支径，至华亭寺。台殿钜丽，林木苍莽，故多僧。近苦差赋，尽逃去。寺亦稍稍就圮，仅有山鸟送客尔。出寺里许，由大径登太华。回折数盘，两僧持茗椀立亭右，乃少憩。寓目万顷碧波。行于林中，又转攀磴道，长松茂草，蔽藤参天。散步绿荫，潇然如画。至寺，僧鸣钟磬礼迎。予出视，见两墀山茶树八本，皆高二丈余，枝叶团扶，万花如锦；杂以黄杨，绕以松桧，红绿争奇，光彩夺目；兼佛宇翚飞，金碧辉映。胜地良辰，游人之稀观也。

由殿右登石磴上，一殿岿然。石栏缭绕，万象毕呈，最为胜览。复下磴道，历左廊，观沐氏世像。转入聚星堂。有修竹数竿，舞怪石上。可喜堂后为丛林香阁。阁前老椿，围二丈，苍干入云，盖千余年物。右依山接竹，引泉入厨瓮中，飞流直下，不烦汲取。出堂饭毕，过殿右，东入一楼，匾云："一碧万顷。"凭栏眺视，树杪可手，縠縠涛声，疾徐相续。而湖水空旷，四际烟渚。时夕阳既下，太华山影尽落湖中。波光荡摇，千峰俱动。无何昏钟鸣，余返堂。问寝所，横榻香阁上。

是夕，松涛四起，窗月凌乱，宿鸟惊栖，忽喧忽寂。至一鼓，满林大响，如百万楚师夜鸣，刁斗声撼岩壑。乃披衣坐榻上，呼僧问之，僧曰："每鼓林鸟叫号，互移栖所，夜凡五起。"山僧视为更候。余不能寐，验之果尔。枕上口占四诗，内云："山中无玉漏，自有碧鸡啼！"盖谓是也。偶见东方生白，爰启四窗，科头倚槛，见晨雾腾罩，宛如银色世界。朝霞渐升，射以赤气，晶光漭沆，不类人间。此又第一奇观，非信宿山阁，难言也。

栉沐后下阁，饭罢，由寺右小门出，沿山麓羊肠夕径，扪萝登降，上悬欹石，下临湖水，舆夷步崄，约行五里至北庵，由朝天桥入灵官殿，右登石磴，至佑圣殿，再上至玉皇阁。劲风乱飐，飘花如雨，箕坐石栏中小酌。见巨浸浩淼，皆出胯下。又折下，过南庵，路皆沿崖，上覆若屋。仰视朝天桥，石梁飞挂岩上。回思过桥时，凛凛生栗。道右一碑，刻汉王子渊词，祠金马、碧鸡文。隶法雅有汉体，盖杨太史移镌者。稍行，至龙王祠，祠下一洞，泉澌澌鸣。又东行，过三佛舍，像制妙丽，栋宇炳焕，一带飞壁，奇峭刺天。岩畔多结构痕。问之，乃梁王避暑阁故址。又稍东，至碧云深处，负岩作小石室，中塑赵羽士像。前一石塔，藏羽士骨。羽士不知何许人，有仙术，兹山乃修真所。是日晴霁，瞻远无遗，随意命觞，爽然自得。

下山登舟，乘风挂席行黄苇中，可二十里至省。舟中回视，华亭巨刹，荒落生悲，太华峻起翠微，地形、人力政足相雄。南北二庵，奇景天造。无论太华平瞰，湖势浵漫数百里，北浮省城，东浮晋宁、昆阳诸郡邑，前汇太华山，复从海口背绕山后，由堂琅川迳富民，会金沙江下流数千里，合岷江入海。昔人议欲从海口疏凿达蜀江，诚制滇之一奇，竟以费巨，寝矣！又据，晋常道将《南中志》谓："滇池所出深广，下流浅狭，如倒流。"余观之，信然。至谓滇水多龙驹，今不复见矣。

兹游也，一月前，余与陈宪长绣山登舟，上太华。是日大风寒甚，各欲胜以酒力，遂大酣。肩舆上山寺，览毕分手。余抵安宁稍醒，口啧啧恨不观太华。书史辈历历陈登山状，不觉拍案大笑，兹游再忆昔所经览，杳不复记，闻之两省僚友，皆击节称奇云。

# 泛舟昆明池 历太华诸峰记

[明]王士性

从碧鸡关到高峣，再到滇池乘船泛舟；从登山游太华寺到夜住寺中；从太华诸峰到罗汉寺、老君殿、真武宫、玉皇阁。一路向南，诗人将所见的庙宇寺观、林川草木，一一细细描绘，只为映照百年以前，滇池、西山的风采。

余以辛卯春入滇。滇迤东、西花事之胜，甲于中原，而春山茶尤胜。其在昆明者，城中园亡论，外则称太华兰若焉。余时随监郡诸大夫入省，以上巳日道出碧鸡关。关去会城三十里而遥，盖跂指之矣，乃问途为太华之游。循关右箐斗折而南，五里至高峣，旧有杨太史用修海庄，已废，而入于贵倨者。高台曲池，层楼翚榭，前用五色杜鹃棚之，题构方新也。至此遂俯昆明池，余视步无余皇，乃买渔舟一叶，令驺人踦跂皋陆，独挟一二黄头郎泛焉。池一望五百里，潴西南隅，俗号滇海。滇去海远，水顷亩即称海。下高峣，轻洲浅渚，蒲苇飒沓长过人，又称草海。海长二十余里，草中津港以千数，往来系罜簏而渔，余荡桨其中，不复知非山阴道上也。草穷，且挂席出水，海水不及余东海一汧澳，而风力差足畏。滇中镇日咸西南风，春风较狂，掠余飒堕水中，乃回棹泊焉。易筍舆而登，渐霁，盘桓上数里，及太华山门。蕊宫琳宇，烧煌金碧，倚山隆起，拟于紫霄碧云之间。余右陟飞磴，历龙藏，东下黔宁祠，览其世像，出文陛前，两墀山茶八本，高三丈，万花霞明，飞丹如茵，列绣如幄，倦欲坐其下，神愯愯复王，疑入石家锦步障也。廊右绕出缥缈楼观海，危檣一粟，水势黏天，颜以“一碧万顷”，然哉。夕阳西下，太华踞其东，倒影半浸已。素月复流光于上，山影为藻荇据之，更胜也。

是夕宿僧榻，漏下，月色入户，宿鸟惊栖聒人耳，余旅思转深矣。质明，缘碕岸碛历而南，远见山顶室庐嵌空，一如罨画，舆者云罗汉寺也。以有石像比丘而名。稍近之，一村落居河之麋，渔者织宿楚以家，傍置官署焉。寺尚在数千步绝壁上，仰视之如欲堕者。盘辟而升，计四五曲，入寺问南北庵，寺后树金马碧鸡碣，摩碣乃入南庵。丘亭香宇，咸崭岩簷覆之，承以瑶台，趾半悬外，北入南出，过一刹庙，复间一亭台。庙为雷神，为龙伯，为大士，为玉虚师相，杂以释道。亭为回澜，为望海。又有赵羽士之塔，文殊之岩，咸傍海岸，时而惊涛拍空，飞沫可溅佛身也。路回则转北庵，蹑级而上，过朝天桥，谒老君庙，入真武宫，最上升玉皇阁，如鹊巢燕寝，悬度飘摇，雷祠龙井跆藉足下，益又胜也。二庵者，南疏朗，北幽峭。南庵横截山麓而过，金铺绿房，足称近水楼台；北庵抟扶摇以上，层层各十丈，转山椒斗大崖，则憩一宇焉，人侧身而度鸟道尔。然北庵虽高，仅见草海，白蘋红蓼，楚楚有致；若南庵面东南，水海风帆，雪浪日月出没其中，故大观也。下山，邑令掉芦舟以迓，稍具舲艇，欲放中流，以五两尚颠，复穿荻浦，披鱼梁，鸣榔击汰而归。睨西山顶上丹垩之丽，适当李招道得意笔也。时水浅舟胶，不及过近华村。

余行滇中，惟金、澜二江横络，其他多积洼成海，如洱海、通海、杨林海，是不一海焉，非独滇也。惟滇流如倒囊，腹广而颈隘，且逆西北流，故称滇云。昔汉武帝欲取昆明，乃习战长安，凿池以象之，至劫灰出于人世。麻姑云东海当复扬尘也，信如斯言，则此真滇池者，不知几更劫灰矣。

# 泛昆明池登太华文殊岩记

［明］尹伸

来到昆明，泛舟滇池，游览西山太华文殊岩，诗人写下心中的诗篇，记录这里的山水风景，记录这里的人文内涵，再添几笔风花雪月的抒怀。文情并茂，只为这猝不及防的遇见留下一点念想。

昆明池者，滇池也。西南人字浸曰海。吴越客小之考外国传蒲昌，蒲类；青海，鹿潭海，皆不大。滇合昆贡八州县之水进而为池，周五百余里，海之宜矣。迁史谓其源广末狭，颇似倒流，故曰滇。或曰向西北流入金沙江，取颠义板桥南二十余里，滮滮皭皭已入望矣。

庚午阳月，甫莅官，辄问游于里人鲁将军勉之。勉之曰："昆明南来，太华西峙，乱而登北，折向安宁，公莅姚便道也；某不腆请备庖人。"余闻之欲跃。二十二日，巾车出南门，勉之已舣画舫见待矣。舫从小河入，二里许及池。风日明霁，水天映彻。此身已随凫鹄摇曳，两月来尘土肠胃，为之一涤。洲渖隐见，芦柽不时开合，棹行颇涩。渔家拍浮，根株不定，土人所谓草海者也。南盼洪源，沓波澎湃。小艇沉浮其间，恨不逆扶摇而从之游。西面岩林，欲蒨欲黝。志之所之，自相拗戾，匪独疲于应接矣。勉之出苏长公赤壁二赋示余。时正时诡，具飞舞变幻之势。余几效米颠，自掷梨园，奏伎什六，作吴趋声，亦天末所不易得也。

溯流三十里得崖，又里许，及华之麓。始从南折，复北而西，蹇巉回复约三里及寺。被阪松杉，干霄合抱。杉多礨砢郁崛，霜鳞斑驳，与蜀种绝异。其夹墀而植者，曰罗汉松，曰线柏，竖麈曳绶，别是一观。山茶径尺，蓓蕾初开，艳耀相夺。元冥失其政矣。寺创于黔国某公，以壮丽胜。登绀殿，自谓绝顶，已从殿后仰之，连峰复踞其上。幽秀层缛。《尔雅》所谓负丘者也。余急觅径，僧南指示余，谓明日文殊岩之道，相去数武，姑需之北，为黔国影堂。又北为客舍，舍外老桂一株，方盛开，幽香袭人。出回廊，得杨用修太史记寺田碑，始知太华即碧鸡之梢，广舆记两志之误矣。从廊出东，得一亭，甚豁。亭前为平台，瞩昆明几尽。山色为斜阳所蒸，万峰尽紫，而百雉历历，若动若定于烟水之上，其间庐肆、府廨、浮屠、兰若，参差可辨。觉日来望牙而趋，磬折伛偻，攒眉腐心，不可耐之地，今俱在蜃市霞城、虚无幻杳之乡。然则雅俗安有常哉。

明日，出寺门南行，望数峰，更不可径，始知胜情为俗衲所绐。宦中游眺，往往如此。途阴则松篁，阳则峃硌，俯仰则沃泉鸣涧。幽绝之中，忘其铉轨，舆徒相半。二里许乃拾级，已及诸岩腰腋间矣。从此而西，称殿者三，称阁者三，称宫者一。其阔狭隐见，皆受法于岩，岩纳即殿，岩吐即阁。其互相蔽亏，互相穿贯，大略即彼可以得此。而涵虚阁为胜。稍西南一桥，跨土石之窳，从旁睆下，谽谺然，勉之以为险矣。桥之南为径尺许，其内䶗黏，其外蠖引。稍置足，岩乃横出壁以相距，距之内一枝，亦复东出而阁基焉。好事者窦壁之趾，以通出入，可二尺余耳。身非晏平仲，那得由狗门。余次且久之，顾望窗棂俨然，波光潋滟，复不自禁。乃蒲伏蛇行以进。已复侏儒，入一铁门，乃及阁。阁四隅垂空中。勉之与诸小吏不敢近栏一步，而余凭视颇久。海之观极于此矣。

循故道而下，约一里，为弥勒殿。殿右皆傍岩。南行数武，为龙王庙。有井曰龙井，井之上即所谓危桥也。庙侧一碑，为王子渊移文，而用修志之。趺颇泐，凡缺五字。文曰："持馆使者，敬移南崖金精神马，彯彯碧鸡。处南之荒，□谿回谷。非土之乡，归来！归来！汉德无疆。广乎唐虞，泽□三皇。黄龙见兮白虎仁，归来，归来！可以与伦归兮翔□，何事南荒也。□子渊之移，杨慎剽题，以蜀嗣学。貌蜀远师，简氏诏□古南崖，爰鸠汉字，用彪汉词。滇之文献，尚考于斯。"

自此以南，岩势玲珑，石色秀润。用修纪移文于别石，意自可念。今宦客以其近体诗，遍劖岩腹，与汉人角，可叹可叹。又数十武，为海曙亭。亭已圮。百余武为文殊岩。先是赵道人者，静修于此。致文殊下度，因以名岩。自庙至此，岩凡三叠，涵虚据其中叠耳。阁中下瞰，知足之虚，而不知阁之所托。从此仰视，始知阁与基皆悬寄也，而况身乎！危矣哉！叠至此即穷。其南连壁千余仞，直逆洪流而上，即猿猱之技，无所施矣。下而东为妙定寺。复登舟，顺流十余里，至高峣。又南二里为太史祠。中堂肖用修像，广额危颧，颇有生气。再拜之余，慷慨欷歔，几不能去。祠僧出太史遗迹，视之盈卷皆七言律。首律近真，余皆赝。然用修颇疏于临池，字以人重耳。日晡，因与勉之别。

# 白龙潭记

[明]段尚云

呈贡白龙潭，位于昆明滇池之东。作者细致地描绘了白龙潭的地势地貌，描绘了它的流程、分布……字里行间满是感激。这一潭水，没有人能够置之不理。回顾它的过去，只见它一直在灌溉着这片土地，见证着人们的悲喜。

呈贡距城十里许，有白龙潭，出罗藏山。山形屼曲，石势参差，面案琴横，两臂分抱，山腰洞辟，状类龛扇，而寥远莫窥所止，惟见苔痕苍翠，滴乳离奇，左流泉，右沙渚。乡人尝有从石室入者，潜行百二十步，壁间石鲸鳞甲，风气清冷，心怖而返。洞口巨石攲危，可五六人趺坐。俯瞰游鱼，投饭饭之，群然竞至，闻语声则逝。顷之复来，令人悠然起濠上兴。蹑路憩小亭，山水之间，又可寓醉翁幽意。潭之泉，大则渠，细则涧，分支别派，灌溉田园，殆不知其几千万顷，折旋余二十里。放乎滇池，其所被有如此。

旧立庙肖神，每岁三月，邑侯往祀。万历癸未以后，日渐倾圮，久之荡然。丁亥春，任轩聂侯，如期修享，见而咨嗟，谓：兹潭也，以龙名，而利溥一方，龙之为神，不诬矣！苟属意于民，必崇祀之。近雨泽不时，民忧滋甚，意者神其未妥与？于是割俸倡捐，鸠工命材，揆日兴作。若堂若门，胥以四楹，塈绘如旧而加扩焉。两阅月聿观厥成。

夫五岳四渎，圣王有秩祀焉。凡境内龙潭，守令例得祀之。侯兹举，既报功，且祈年，不但利泉已也。是岁秋大熟，神之惠也，侯之功也。然民知乐其乐，而不知侯之忧其忧；侯知忧其忧，而不知民之乐其乐也。侯襟宇轩豁，每明禋毕，与宾僚把酒临流，冲澹如仙。然而泽润生民，随处充满，系我士民之思，如潭水之行地，岂有涯哉？

# 金马山赋

［明］刘寅

金马山，在昆明滇池之东。作者用浓墨重彩的笔触描绘着金马山的山势之壮、山容之美。在连绵不断的群山中，他看着青青山色，他追逐着历史踪迹。从战国西汉到唐宋及元，这里的故事在不停地翻新，山却还是原来的形状。

蓐收炳灵，房星聚精，超鸿濛而合秀，倏凝结而成形。此金马之山，所以直訾陬而奠昆明也欤？在昔神禹受命，爰分九区，表岳镇之崇崇，隔方维之顿殊。有岱有华，抗东西以屹；若曰衡曰恒，界南北而截如。旷哉梁、益，并包坤隅；功不假于疏凿，地独钟乎膏腴。起层峦之嵯峨、控南滇之故墟。嘶谽谺之岩谷，驾绵邈之方舆。造父固莫施其衔勒，王良亦难范以驰驱。观其蔓草垂鬃，尖峰批耳，白月悬瞳，青松掉尾，渍赤浀以湛露，流汗沟之迤迤。铸莫待乎棠溪，产非资于丽水；形类腾骧之骐骝，势似振鬣之騄駬。过日影之须臾，磨苍旻于尺咫。追夫嘘气成云，喷沫起风；障泥炫荧荧之彩霞，鞶缨绕煌煌之流虹。迅电张其猛烈，疾雷助其威雄；泻甘澍以注下，刷卷毛之蒙茸。叠巘益翠，巅崖增红；洞扉启厩闲之弘厂，莺声响和鸾之玲珑；万骑仰观而辟易，群夷睨视而惊冲。至于岌嶫峭巍，岩峣崙崒或奔如惊，或骤若突，峻拔天脊，峭削风骨。蓊薱森爽，隐辚嵂郁，杳横亘于百里，拟长城之矹矹。是宜拱帝京之尊严，障大藩以宁谧也。或有野老诘余而言曰："子徒见其小而不穷其大，知其名而不究其实。吾将为子陈之：玄黄肇分，氓生蚩蚩；若鱼若虫，无识无知；聪明间出，命为君师；立一代之典章，成四海之雍熙。嗟惟此邦，视为外夷，境荒荒而泯泯，水漫漫而弥弥。姚姒置之，不即顾问；商周鄙之，不遑保厘。俾昏迷而弗悟，竟风靡于侏离。楚命庄蹻，略地远来，自王于滇，顾瞻徘徊。君臣之分少定，天叙之典未谐。汉武奋志，劳民费财，命张骞而远出，弭使节而虚回。亦有孝宣，不务大体，慕神怪之慌惚，行禋祀之渎礼；王褒驰驿而西上，仅至一奠而乃已。遗祠庙于岩阿，谩冥搜而远纪。唐畏嵯颠之跳梁，宋限大渡之涯涘。元虽小康，亦何足齿！猗欤皇明，抚有万方，圣武神文，巍巍堂堂。即底宁于华夏，遂有事于戎荒。命矫矫之虎臣，挥天戈而奋杨。直指云南，扫除欃枪。截长鲸之鬐鬣，刳妖狐之肺肠。显允黔宁，知勇忠良；威已施于戡定，思复尽于胥匡；化强梗为礼义，变椎卉为冠裳；揖让之风济济，弦诵之声琅琅。绍述前烈，适有惠襄，招携贰以诚信，熔顽嚚以慈祥。国公继之，纲纪益彰；载平安南，功业弥昌；总制仁贤，淑旂绥章；来镇来临，克柔克纲，致远人之尽服，迈前哲而有光；俾金马迥然而特立，与碧鸡相对而相望。小姑息之宋元，陋怯弱之汉唐，夫然后知皇明之盛德，冠古今而莫并，纪昭靖之殊勋，垂悠久而不忘。"余闻其言，拜跪叹嗟。遂为之歌曰："金马之傍兮，有稻有粳。金马之阳兮，有郭有城。臣旬宣其善政兮，民勤事乎农耕。咸矢心而弗渝兮，愿永享夫千万年之太平！"

# 横山水洞记

［明］罗元祯

横山水洞，位于昆明西山的峡谷中，是明朝时期人工开凿的一个灌溉隧洞。本文不仅叙述了横山水洞开凿的全过程，还塑造了一位耿直、爱民、有办事能力的官员形象。笔端含情，文章写得生动感人。

去会城而西几三十里，为龙院诸村。村凡八，村之田凡若干顷，田税岁输县官凡若干石。村故枕山而襟水，水即滇池也。池抵村，地势隐起，差具倾倚状，可立上游走丸，以故池水不可逆引而仰溉。村之负山而田者，无论愆阳，即旬日不雨，土脉辄龟裂，岁辄不登；中岁，他境稔而兹境不厌半菽，民苦之。村迤西三十五里为白石崖，崖故有泉，其山形隐起，则又高龙院诸村什九。度崖泉可引而东以灌，然横山墙立于前，岸然峭阻。

先是，议凿山之凹为渠，引泉逾山而东，乃其山石脊而土麓，石坚不可凿；议凿属郡，恃其旁池肥饶，多蓄产之富，安知泉流灌寖，所以育五谷，为通沟渎以备旱计也？自成义侯造起陂池，迄元咸阳王辈，复为陂池及屯田求源泄水，始知蚕桑。明兴，方伯陈公乃开昆明横山水洞。洞在县西乡，源自城西清水关外龙泉，汇为干海子。东行八里为白石崖，十五里为横山、龙院等八村，军民定垦田四万五千六百余亩。其地高平，比之岐峻缘崖磻石不同，泉流不及，旱为焦土，有可用溉，则沃野也。

嘉靖乙未，李文温等开崖导山七十三曲，为水凡十三；条邸横山，止于石丘。隆庆己巳，大旱，杨应春等凿丘为东西洞，约穿三十丈，未穿者如其数。四月，公以右使治道，遇之其徒，累累告疲。公悯而省其山，以请于都御史江陵陈公、御史内江刘公，咸曰：“此功一成，为万世利。”乃命兴工。洞高广各三尺有咫，仅仅容一人反身屈膝以镌，用二人递畚所镌而出入之，弥坚难而解焉。声冲冲若咫尺，东西竟不相植。初以九旬为期，又九旬，公乞归。人惧弗卒，公曰：“噫乎！泰山之溜穿石，渐靡使然也。人而凿空，其弗然乎？”以舍人袁应登视之，乃用易门矿夫二十人。明年三月，公为左使，工周岁，弗给。请于都御史宜兴曹公、御史安肃许公，咸曰：“功既垂成，弗安惜乎？”给之如初。九旬又请，公谢事，不以请。右使长乐陈公摄之，又借公帑以给。矿夫马廷弼乃止其西，从东。又明年二月八日，长乐公代为左使，公曰：“去志久矣，为此水而止。今未卒业，幸诸大夫图之，敬诺。”越三日，公出祖，数万人泣留遮道，忽传水道穿，欢呼若雷而神之。公曰：“亦偶然尔。且谓召公将明农，惓惓告周公诫小民。秦汉水工，郑国、徐伯之名以传。矿夫系之一年良苦，西乡万夫，粒食二十人汗血耳，其补助之，勿缓。官终事者库副使刘升、应登，虽舍人，劳甚，其论赏宜优。”为具奏记，惓惓授长乐公而行。凡用不满三百两，为日六十五旬余，盖费省劳暂，利巨而贻休远也。民共立祠横山，属余记之。

徐子中行曰：滇之庙祀，自成义始，亦有咸阳，岂非陂池之泽乎？史起论西门豹之未尽，起于徒利导之者耳，奚有蜀道之难？若冰之凿离堆，世传蜀江神有之，乃冰精诚所至。横山不下离堆，公每旦必斋祷，虽舍人亦然。洞穿与行会，偶然耶？滇田号雷鸣者，匪雷雨罔秋，八村之有龙泉，沛若雷雨矣。允惟岳牧，实代天工，以百世祀，岂成义、咸阳尽之乎？代公治渠股引，尽属长乐公。率土如两公者，可无凶年忧矣！

公名善，钱塘人。长乐公，名时范。同举嘉靖辛丑进士，先后八年，于滇迭为左右伯，成是水功云。

# 过滇池至暮始抵高峣

［清］段昕

傍晚的滇池，朦胧的雾气笼上了水面，催促着那漂泊的心，赶快回家。渔人举棹张望，看那闪闪的波光，似是鲛女在玩耍，将珍珠铺满了水面。奈何连远处的灯火和满天的星都亮了起来，却总是找不到归去的渡口。

归心催薄暮，一叶入天流。
水砌芦花岸，风翻杜若洲。
渔人横棹望，鲛女弄珠游。
何处高峣渡，星星灯火浮。

# 金马山望昆明池

［清］张久钺

群山奔雨，山压昆池，黄沙落日。回眸处，只有无边的苍茫。想到古来征战，能有几人可封侯拜相，能有几人可安然归来。姑且就将这一生交给那一片扁舟，任其漂浮吧。

群山奔雨下昆州，山压昆池水倒流。
碧草连关浮白象，黄沙落日散旄牛。
徒闻战伐余残垒，岂有功勋必世侯。
磨盾承平竟安用，欲将生事托扁舟。

# 金马碧鸡铭并序

袁嘉谷

入山探访，满目皆是一片“荒烟蔓草，岁久无存”。于此地，感念王褒之文，杨慎之举，便决心考据经典，重刻铭文，再现当时风范。

不佑《摩崖碧鸡颂考》云：《碧鸡颂》：汉持节使王褒谨拜南崖，敬移金精神马缥碧之鸡，处南之荒，深谿回谷，非土之乡。归来归来，汉德无疆。广乎唐虞，泽配三皇。黄龙见兮白虎仁，归来归来可以为。伦归兮翱兮，何事南荒也。明嘉靖中，新都杨升庵慎镌此文于太华山南崖。慎并有跋，尹伸录之曰：“子渊之移，杨慎剽题，以蜀嗣学，貌蜀远师。爰鸠汉字，用彪汉词，滇之文献，尚考于斯。”考《汉书·郊祀志》，或言益州有金马碧鸡之神，可醮祭而致。于是遣谏大夫王褒，持节往求之。《王褒传》：宣帝使褒往祀，褒于道病死，皆未载《碧鸡颂》。顾早见引于《水经注》诸书，断非赝作，然亦未言为移文也。升庵镌碑，始名移文。天如、霞屿、羡门诸人，称述至今。据张佳胤、尹伸两记，知原碑在龙王庙侧。愚尝蹑领寻幽，登山访胜，荒烟蔓草，岁久无存。荔扉盖得其拓本，故缩临于《滇系》末卷。文献足征，湖山生色，俯仰今古，乃补镌之。以荔扉本为正文，以善长、崇贤、章怀、天如、霞屿、肖甫、榭山、东原、羡门诸书为旁注，上溯子渊，盖二千一百年。湖山依旧，文字如生，用汉隶法，犹升庵之意也。

民国十四年秋季，丕佑并识

# 望昆明

［清］郑珍

远望滇池，眼前是一片烟波浩渺。曾经对阵的战场早已折戟沉沙，烟消云散。而今，太平年岁，来来往往，只剩农夫在平整土地，金马碧鸡也没有了昔日的威仪。

昆池一望渺烟波，叹息虫沙百战过。
七姓气销明傅沐，九真云拥汉山河。
苍苍楢木乌盘路，黯黯阿奴吐噜歌。
金影碧仪消荡尽，太平春事荷锄多。

# ㊂ 昆明四季：风景还惊入画看

# 四景四首

［明］兰茂

春日，花间一壶酒，卷帘看远山；夏日，绿荫下消暑，静听落子声；秋日，风起炉烟，笛声幽幽难入眠；冬日，敲冰煮茶，听雪看梅花。春夏秋冬，四季往来，皆在诗中。

花开沽酒留客，睡起卷帘看山。
闲院小窗人静，数声啼鸟绵蛮。

柏子香销昼永，黄梅雨过风清。
绿荫自无火暑，碧窗静有棋声。

露下鹤翻松叶，窗开风袅炉烟。
清宵明月如许，铁笛幽人未眠。

山窗听雪敧枕，石鼎敲冰煮茶。
谁共此时清兴，老松疏竹梅花。

# 滇春好

## 寄李南夫、钱节夫、毛镇东

［明］杨慎

诗人以“滇春好”起调，再分别于结尾处一连用四个反问，是问世人，也是问自己。这滇春、滇花、滇娥，难道不该“早晚复同游”吗？情感真挚且层层递进，抒发心中对昆明的喜爱。

滇春好，韶景媚游人。拾翠东郊风袅袅，采芳南浦水粼粼，能不忆滇春？

滇春好，百卉让山茶。海上千株光照水，城西十里暖烘霞，能不忆滇花？

滇春好，翠袖拂云和。雅淡梳妆堪入画，等闲言语胜听歌，能不忆滇娥？

滇春好，最忆海边楼。渔火夜星明北渚，酒旗飘影荡东流，早晚复同游。

# 渔家傲·滇南月节

［明］杨慎

从“正月滇南春色早”到“腊月滇南娱岁晏”，诗人不仅准确地描绘了滇南一年里不同月份的风景，还介绍了各月份里此地的风土人情。一个个云南的时令，无限的美好，跃然纸上，让人无限向往。

宋欧阳六一作十二月鼓子词，即今之“渔家傲”也。元欧阳圭斋亦拟为之，专咏元世燕京风物。予流居滇云廿载，遂以滇之土俗，拟两欧为十二阕。虽藻丽不足俪前贤，亦纪并州故乡之怀耳。

正月滇南春色早，山茶树树齐开了。艳李夭桃都压倒，装点好，园林处处红云岛。

彩架秋千骑巷笊，冰丝宝料星毬小，误马随车天欲晓。灯月皎，碧鸡三唱星回卯。

二月滇南春嫵婉，美人来去春江暖，碧玉泉头无近远。香径软，游丝摇拽杨花转。

沽酒宝钗银钏满，寻芳争占新亭馆，枣下艳词歌纂纂。春日短，温柔乡里归来晚。

三月滇南游赏竞，牡丹芍药晨妆靓，太华华亭芳草径。花饾饤，罗天锦地歌声应。

陌上柳昏花未瞑，青楼十里灯相映，絮妥尘香风已定，沈醉醒，提壶又唤明朝兴。

四月滇南春迤逦，盈盈楼上新梳洗，八节常如三月里。花似绮，钗头无日无花蕊。

杏子单衫鸦色髻，共倾浴佛金盆水，拜愿灵山催早起。争乞嗣，蛛丝先报钗梁喜。

五月滇南烟景别，清凉国里无烦热，双鹤桥边人卖雪。冰碗啜，调梅点蜜和琼屑。

十里湖光晴泛蝶，江鱼海菜鸾刀切，船尾浪花风卷叶。凉意惬，游仙梦绕蓬莱阙。

六月滇南波漾渚，水云乡里无烦暑，东寺云生西寺雨。奇峰吐，水椿断处余霞补。

松炬荧荧宵作午，星回令节传今古，玉伞鸡枞初荐俎。荷芰浦，兰舟桂楫喧箫鼓。

七月滇南秋已透，碧鸡金马山新瘦，摆渡村西南坝口。船放溜，松花水发黄昏后。

七夕人家衣褥绣，巧云新月佳期又，院院烧灯如白昼。风弄袖，刺桐花底仙裙皱。

八月滇南秋可爱，红芳碧树花仍在，园圃全无摇落态。春莫赛，玫瑰彩缕金针缬。

屈指中秋餐沆瀣，遥岑远目天澄派，七宝合成银世界。添爽快，凉砧敲月胜竽籁。

九月滇南篱菊秀，银霜玉露香盈手，百种千名殊未有。摇落后，橙黄菊绿为三友。

摘得金英来泛酒，西山爽气当窗牖，鬓插茱萸歌献寿。君醉否，水晶宫里过重九。

十月滇南栖暖屋，明窗巧钉迎东旭，速鲁麻香春瓮熟。歌一曲，酥花乳线浮杯绿。

蜀锦吴绫熏夜馥，洞房窈窕悬灯宿，扫雪烹茶人似玉。风动竹，霜天晓角肌生粟。

冬月滇南云幕野，漕溪寺里梅开也，绿萼黄须香趁马。携翠斝，墙头沽酒桥头泻。

江上明蟾初冻夜，渔蓑句好真堪画，青女素娥纷欲下。银霰洒，玉鳞皴遍鸳鸯瓦。

腊月滇南娱岁晏，家家玉饵雕盘荐，安息生香朱火焰。槟榔串，红潮醉颊樱桃绽。

苔翠氍毹开夜宴，百夷枕槊文衾烂，醉写宜春情兴懒。妆阁畔，屠苏已识春风面。

# 昆明湖秋涛和韵二首

［清］段昕

诗人先将滇池秋景融入历史典故和神话传说，再由金马碧鸡、沧洲帆影联想到历史兴亡。在丰富的想象力下，绘景抒情与咏古感慨被有机地结合在了一起，浑然一体，毫无雕琢，让人钦佩。

## 其一

高秋云树入空濛，万里南溟一气通。
渔碛炊烟新秫熟，江天晴日晚潮红。
汉家楼橹撑鲸浪，帝女机丝织海风。
我望美人停桂棹，洞箫谁和明月中。

## 其二

万顷空青逼素秋，环金绕碧俯沧洲。
片帆影远入云小，双塔烟寒与浪浮。
带砺降王徒沼国，文章太史胜封侯。
兴亡几度风波里，惟有芦花不解愁。

# 归化寺看山茶

[清]郑珍

此诗描写了归化寺山茶花盛放的景象。诗人以铺陈夸张的笔调，从形状大小、远观近览，写山茶花开放的盛况，又以对比的手法，写山茶花颜色的炫目。读罢，让人如同亲临花海，所见之处，无不红艳，无不心动。

小花团团火齐珠，大花轩轩红盘盂。
高花烧天天为枯，低花照地地为朱。
丹霞大帝御花国，气象想见唐与虞。
沐日浴月烂百宝，春风冲瀜元气粗。
荡荡海天照金碧，山门桧柏排千夫。
我来看花适正月，更有小妹相携扶。
眼迷不认一切佛，兴热欲返巢经庐。
口谈树高向母赞，指形花大为母娱。
但恐此景未亲见，卤莽而言终谓诬。
题花要令现纸上，正为此花天下无。
吁嗟此花天下无！

# 翠湖春柳赋

袁嘉谷

作者仿照古赋的样式，四字为一句，记录着翠湖春柳的盛况。二三月里，万紫千红，到处都是莺声燕语、春柳依依。此情此景，让人春心荡漾，只想及时行乐，不负大好春光。

疏疏密密，九龙池滨，有青欲滴，才黄未匀。莺声叫暖，马足清尘。短桥长水，近人远春。二三月中，万紫千红。阮堤十丈，柳营数弓。舟曲流直，花迷径通。晴犹疑雨，软不惊风。感春伊谁？笛韵诗曲。遥望湖漘，散金碎玉。东君何处？宇宙游目。一行两行，浅绿深绿。游女如云，绿阴来往；春到腰柔，愁从眉上。将军试马，醉客听鹂；双柑斗酒，一色春旗。别有离人，故山回首；烟翠天愁，波绿云走。浮萍客踪，长杨赋手；何忍独醒，碧帘沽酒。酒罢兴赊，春满天涯；茶薰水榭，风净窗纱。尘流轻絮，空悟飞花；莲华禅院，人我归家。及时行乐，芳夏又秋。鹧鸪啼雨，蛱蝶寻幽。龙眠饮水，莲笑登楼，今年今日，今愁古愁。

# 昆湖泛秋二首

袁嘉谷

昆明的秋，依旧是如此生机。天绿云青，鸥鸟飞翔。诗人泛舟，不知该向何处，直至停泊到高山下回望，整个城藏在了碧波里，让人惦念不已。

白马庙前天绿，碧鸡关下云青。
一棹浮沉何处？鸥凫招我前汀。

山头小雨凄凄，水畔杨花荡堤。
泊到高峣回首，碧波飞上城西。

# 花潮

李广田

海棠朵朵，你是惊艳世人眼眸的明媚春光。群集而来的人，辗转留恋，皆在连声称赞，花满圆通山。而我也勉力地坚信着“春光似海，盛世如花”。既然一簇一簇的海棠还会在春天开放，那么一切就不会变得更坏。

昆明有个圆通寺。寺后就是圆通山。从前是一座荒山，现在是一个公园，就叫圆通公园。

公园在山上。有亭，有台，有池，有榭，有花，有树，有鸟，有兽。

后山沿路，有一大片海棠，平时枯枝瘦叶，并不惹人注意，一到三四月间，真是花团锦簇，变成一个花世界。

这几天天气特别好，花开得也正好，看花的人也就最多。“紫陌红尘拂面来，无人不道看花回”，办公室里，餐厅里，晚会上，道路上，经常听到有人问答：“你去看海棠没有？”“我去过了。”或者说：“我正想去。”到了星期天，道路相逢，多争说圆通山海棠消息。一时之间，几乎形成一种空气，甚至是一种压力，一种诱惑，如果谁没有到圆通山看花，就好像是一大憾事，不得不挤点时间，去凑个热闹。

星期天，我们也去看花。不错，一路同去看花的人可多着哩。进了公园门，步步登山，接踵摩肩，人就更多了。向高处看，隔着密密层层的绿荫，只见一片红云，望不到边际，真是，“寺门尚远花光来，漫天锦绣连云开”。这时候，什么苍松啊，翠柏啊，碧梧啊，修竹啊……都挽不住游人。大家都一口气地攀到最高峰，淹没在海棠花的红海里。后山一条大路，两旁，四周，都是海棠。人们坐在花下，走在路上，既望不见花外的青天，也看不见花外还有别的世界。花开得正盛，来早了，还未开好，来晚了已经开败，“千朵万朵压枝低”，每棵树都炫耀自己的鼎盛时代，每一朵花都在微风中枝头上颤抖着说出自己的喜悦。“喷云吹雾花无数，一条锦绣游人路”，是的，是一条花巷，一条花街，上天下地都是花，可谓花天花地。可是，这些说法都不行，都不足以说出花的动态，“四厢花影怒于潮”，“四山花影下如潮”，还是“花潮”好。古人写诗真有他的，善于说出要害，说出花的气势。你不要乱跑，你静下来，你看那一望无际的花，“如钱塘潮夜澎湃”，有风，花在动，无风，花也潮水一般地动，在阳光照射下，每一个花瓣都有它自己的阴影，就仿佛多少波浪在大海上翻腾，你越看得出神，你就越感到这一片花潮正在向天空向四面八方伸张，好像有一种生命力在不断扩展。而且，你可以听到潮水的声音，谁知道呢，也许是花下的人语声，也许是花丛中蜜蜂嗡嗡声，也许什么地方有黄莺的歌声，还有什么地方送来看花人的琴声，歌声，笑声……这一切交织在一起，再加上风声，天籁人籁，就如同海上午夜的潮声。大家都是来看花的，可是，这个花到底怎么看法？有人走累了，拣个最好的地方坐下来看，不一会，又感到这里不够好，也许别个地方更好吧，于是站起来，既依依不舍，又满怀向往，慢步移向别处去。多数人都在花下走来走去，这棵树下看看，好，那棵树下看看，也好，伫立在另一棵树下仔细端详一番，更好，看看，想想，再看看，再想想。有人很大方，只是驻足观赏，有人贪心重，伸手牵过一枝花来摇摇，或者干脆翘起鼻子一嗅，再嗅，甚至三嗅。“天公斗巧乃如此，令人一步千徘徊。”人们面对这绮丽的风光，真是徒唤奈何了。

老头儿们看花，一面看，一面自言自语，或者嘴里低吟着什么。老妈妈看花，扶着拐杖，牵着孙孙，很珍惜地折下一朵，簪在自己的发髻上。青年们穿得整整齐齐，干干净净，好像参加什么盛会，不少人已经穿上雪白的衬衫，有的甚至是绸衬衫，有的甚至已是短袖衬衫，好像夏天已经来到他们身上，东张张，西望望，既看花，又看人，阳气得很。青年妇女们，也都打扮得利利落落，很多人都穿着花衣花裙，好像要与花争妍，也有人搽了点胭脂，抹了点口红，显得很突出，可是，在这花世界里，又叫人感到无所谓了。很自然地想起了龚自珍《西郊落花歌》中说的，“如八万四千天女洗脸罢，齐向此地倾胭脂”，真也有点形容过分，反而没有真实感了。小学生们，系着漂亮的红领巾，带着弹弓来了，可是他们并没有射击，即便有鸟，也不射了，被这一片没头没脑的花惊呆了。画家们正调好了颜色对花写生，看花的人又围住了画花的，出神地看画家画花。喜欢照相的人，抱着照相机跑来跑去，不知是照花，还是照人，是怕人遮了花，还是怕花遮了人，还是要选一个最好的镜头，使如花的人永远伴着最美的花。有人在花下喝茶，有人在花下弹琴，有人在花下下象棋，有人在花下打桥牌。昆明四季如春，四季有花，可是不管山茶也罢，报春也罢，梅花也罢，杜鹃也罢，都没有海棠这样幸运，有这么多人，这样热热闹闹地来访它，来赏它，这样兴致勃勃地来赶这个开花的季节。还有桃花什么的，目前也还开着，在这附近，就有几树碧桃正开，“猩红鹦绿天人姿，回首夭桃惝失色”，显得冷冷落落地呆在一旁，并没有谁去理睬。在这圆通山头，可以看西山和滇池，可以看平林和原野，可是这时候，大家都在看花，什么也顾不得了。

看着看着，实在也有点疲乏，找个地方坐下来休息一下吧，哪里没有人？都是人。坐在一群看花人旁边，无意中听人家谈论，猜想他们大概是哪个学校的文学教师。他们正在吟诗谈诗：

一个吟道：“泪眼问花花不语，乱红飞过秋千去。”

一个说：“这个不好，哪来的这么些眼泪！”

另一个吟道：“一片花飞减却春，风飘万点正愁人。”

又一个说：“还是不好，虽然是诗圣的佳句，也不好。”

一个青年人抢过去说：“繁枝容易纷纷落，嫩蕊商量细细开，也是杜诗，好不好？”

一个人回答：“好的，好的，思想健康，说的是新陈代谢。”

一个人不等他说完就接上去：“好是好，还不如龚定庵的‘落红不是无情物，化作春泥更护花’，有辩证观点，乐观精神。”

有一个人一直不说话，人家问他，他说：“天何言哉，四时兴焉，万物生焉，天何言哉。桃李无言，下自成蹊。你们看，海棠并没有说话，可是大家都被吸引来了。”

我也没有说话。想起泰山高处有人在悬崖上刻了四个大字“予欲无言”，其实也甚是多事。

回家的路上，还是听到很多人纷纷议论。

有人说："今年的花，比去年好，去年，比前年好，解放以前，谈不到。"

有人说："今天看花好，今夜睡好，明天工作好。"

有人说："明天作文课，给学生出题目，有了办法。"

有人说："最好早晨来看花，迎风带露的花，会更娇更美。"

有人说："雨天来看花更好，海棠著雨胭脂透，当然不是大雨滂沱，而是斜风细雨。"

有人说："也许月下来看花更好，将是花气氤氲。"

有人说："下星期再来看花，再不来就完了。"

有人说："不怕花落去，明年花更好。"

好一个"明年花更好"。我一面走着，一面听人家说着，自己也默念着这样两句话：

春光似海，盛世如花。

1962 年 4 月

# 茶花赋

杨朔

茶花虽渺小，却有百花园里难以描述的美的要素。那是人们的汗水与细心呵护在其中挥洒。作者以这种更广阔的角度，欣赏到了它的美。这是一种来源于劳动创造的美。

久在异国他乡，有时难免要怀念祖国的。怀念极了，我也曾想：要能画一幅画儿，画出祖国的面貌特色，时刻挂在眼前，有多好。我把这心思去跟一位擅长丹青的同志商量，求她画。她说："这可是个难题，画什么呢？画点零山碎水，一人一物，都不行。再说，颜色也难调。你就是调尽五颜六色，又怎么画得出祖国的面貌？"我想了想，也是，就搁下这桩心思。

今年二月，我从海外回来，一脚踏进昆明，心都醉了。我是北方人，论季节，北方也许正是搅天风雪，水瘦山寒，云南的春天却脚步儿勤，来得快，到处早像催生婆似的正在催动花事。

花事最盛的去处数着西山华庭寺。不到寺门，远远就闻见一股细细的清香，直渗进人的心肺。这是梅花，有红梅、白梅、绿梅，还有朱砂梅，一树一树的，每一树梅花都是一树诗。白玉兰花略微有点儿残，娇黄的迎春却正当时，那一片春色啊，比起滇池的水来不知还要深多少倍。

究其实这还不是最深的春色。且请看那一树，齐着华庭寺的廊檐一般高，油光碧绿的树叶中间托出千百朵重瓣的大花，那样红艳，每朵花都像一团烧得正旺的火焰。这就是有名的茶花。不见茶花，你是不容易懂得“春深似海”这句诗的妙处的。

想看茶花，正是好时候。我游过华庭寺，又冒着星星点点细雨游了一次黑龙潭，这都是看茶花的名胜地方。原以为茶花一定很少见，不想在游历当中，时时望见竹篱茅屋旁边会闪出一枝猩红的花来。听朋友说：“这不算稀奇。要是在大理，差不多家家户户都养茶花。花期一到，各样品种的花儿争奇斗艳，那才美呢。”

我不觉对着茶花沉吟起来。茶花是美啊。凡是生活中美的事物都是劳动创造的。是谁白天黑夜，积年累月，拿自己的汗水浇着花，像抚育自己儿女一样抚育着花秧，终于培养出这样绝色的好花？应该感谢那为我们美化生活的人。

普之仁就是这样一位能工巧匠，我在翠湖边上会到他。翠湖的茶花多，开得也好，红彤彤的一大片，简直就是那一段彩云落到湖岸上。普之仁领我穿着茶花走，指点着告诉我这叫大玛瑙，那叫雪狮子；这是蝶翅，那是大紫袍……名目花色多得很。后来他攀着一棵茶树的小干枝说：“这叫童子面，花期迟，刚打骨朵，开起来颜色深红，倒是最好看的。”

我就问：“古语说：看花容易栽花难——栽培茶花一定也很难吧？”

普之仁答道：“不很难，也不容易。茶花这东西有点特性，水壤气候，事事都得细心。又怕风，又怕晒，最喜欢半阴半阳。顶讨厌的是虫子。有一种钻心虫，钻进一条去，花就死了。一年四季，不知得操多少心呢。”

我又问道：“一棵茶花活不长吧？”

普之仁说：“活的可长啦。华庭寺有棵松子鳞，是明朝的，五百多年了，一开花，能开一千多朵。”

我不觉噢了一声：想不到华庭寺见的那棵茶花来历这样大。

普之仁误会我的意思，赶紧说：“你不信么？大理地面还有一棵更老的呢。听老人讲，上千年了，开起花来，满树数不清数，都叫万朵茶。树干子那样粗，几个人都搂不过来。”说着他伸出两臂，做个搂抱的姿势。

我热切地望着他的手，那双手满是茧子，沾着新鲜的泥土。我又望着他的脸，他的眼角刻着很深的皱纹，不必多问他的身世，猜得出他是个曾经忧患的中年人。如果他离开你，走进人丛里去，立刻便消逝了，再也不容易寻到他——他就是这样一个极其普通的劳动者。然而正是这样的人，整月整年，劳心劳力，拿出全部精力培植着花木，美化我们的生活。美就是这样创造出来的。

正在这时，恰巧有一群小孩也来看茶花，一个个仰着鲜红的小脸，甜蜜蜜地笑着，唧唧喳喳叫个不休。

我说：“童子面茶花开了。”

普之仁愣了愣，立时省悟过来，笑着说：“真的呢，再没有比这种童子面更好看的茶花了。”

一个念头忽然跳进我的脑子，我得到一幅画的构思。如果用最浓最艳的朱红，画一大朵含露乍开的童子面茶花，岂不正可以象征着祖国的面貌？我把这个简单的构思记下来，寄给远在国外的那位丹青能手，也许她肯再斟酌一番，为我画一幅画儿吧。

# ㊃ 昆明感怀：昆明好景在西畴

# 昆明好景在西畴

潘光旦

“干沟尾”“长波”“碧鸡”“滇海”……昆明的每一处都是宝藏，让本地人感到亲切，让外乡人无比神往。即使在那个战争年代，这里的风光依旧如此美好，如此迷人！既然到了昆明，就应该要四处去看一看。

昆明好景在西畴，到处青荫夹道幽；
几岸桑田原海曲，一渠清水变干沟。
碧鸡峰影落湖边，水色山光别有天；
愿我浮生多浪迹，干沟尾外劝停船。
三年饱吸淡巴菰，饮水思源到塞隅，
坡上风光应如画，四山拥翠一篷壶。
室人情趣太天真，到此浑忘作客身；
为忆吴江枫似锦，要看滇海月如银。

# 昆明即景

林徽因

昆明的茶铺里，有各个年龄段的面庞，有各种生活的姿态，有闲话时的喧腾声，有安静时的闲看云影。临街的矮楼里，依旧是矮檐上长草，老坛子、瓦罐乱放。原来，这里从来都是一幅相同的光景在延续。

## 一 茶铺

这是立体的构画，

描在这里许多样脸

在顺城脚的茶铺里

隐隐起喧腾声一片。

各种的姿势，生活

刻划着不同方面：

茶座上全坐满了，笑的，

皱眉的，有的抽着旱烟。

老的，慈祥的面纹，
年轻的，灵活的眼睛，
都暂要时间茶杯上
停住，不再去扰乱心情！

一天一整串辛苦，
此刻才赚回小把安静，
夜晚回家，还有远路，
白天，谁有工夫闲看云影？

不都为着真的口渴，
四面窗开着，喝茶，
跷起膝盖的是疲乏，
赤着臂膀好同乡邻闲话。

也为了放下扁担同肩背
向命运喘息，倚着墙，
每晚靠这一碗茶的生趣
幽默估量生的短长……

这是立体的构画，

设色在小生活旁边，

荫凉南瓜棚下茶铺，

热闹照样的又过了一天！

## 二 小楼

张大爹临街的矮楼，

半藏着，半挺着，立在街头，

瓦覆着它，窗开一条缝，

夕阳染红它，如写下古远的梦。

矮檐上长点草，也结过小瓜，

破石子路在楼前，无人种花，

是老坛子，瓦罐，大小的相伴；

尘垢列出许多风趣的零乱。

但张大爹走过，不吟咏它好；

大爹自己（上年纪了）不相信古老。

他拐着杖常到隔壁去沽酒，

宁愿过桥，土堤去看新柳！

# 致费慰梅

林徽因

无论晴天，还是雨天，昆明永远都是那样美丽。奈何独自一人在这个大花园里，空望着冷清的屋子，有时真的很想拥有一两个朋友。或许这就是人间最盛大的孤独吧。

1946 年 2 月，林徽因带病重访昆明。当时费慰梅在重庆美国使馆新闻处工作，林在给她的信中写道——

我终于又来到了昆明！我来这里是为了三件事，至少有一件总算彻底实现了。你知道，我是为了把病治好而来的，其次，是来看看这个天气晴朗、熏风和畅、遍地鲜花、五光十色的城市。最后但并非最不关重要的，是和我的老朋友们相聚，好好聊聊。前两个目的还未实现，因为我的病情并未好转，甚至比在重庆时更厉害了——一到昆明我就卧床不起。但最后一件我的享受远远超过了我的预想。这次重逢所带给我的由衷的喜悦，甚至超过了我一个人在李庄时最大的奢望。我们用了十一天才把在昆明和在李庄这种特殊境遇下大家生活中的各种琐碎的情况弄清楚，以便现在在我这里相聚的朋友的谈话能进行下去。但是那种使我们得以相互沟通的深切的爱和理解却比所有的人所预期的都更快地重建起来。两天左右，我们就完全知道了每个人的感情和学术近况。我们自由地讨论着对国家的政治形势、家庭经济、战争中沉浮的人物和团体，很容易理解彼此对那些事为什么会有那样的感觉和想法。即使谈话漫无边际，几个人之间也情投意合，充溢着相互信任的暖流，在这个多事之秋的突然相聚，又使大家满怀感激和兴奋……

直到此时我才明白，当那些缺少旅行工具的唐宋时代的诗人们在遭贬谪的路上，突然在什么小客栈或小船中或某处由和尚款待的庙里和朋友不期而遇时的那种欢乐，他们又会怎样地在长谈中推心置腹！

我们的时代也许和他们不同，可这次相聚却很相似。我们都老了，都有过贫病交加的经历，忍受了漫长的战争和音信的隔绝，现在又面对着伟大的民族奋起和艰难的未来。

此外，我们是在远离故土，在一个因形势所迫而不得不住下来的地方相聚的。渴望回到我们曾度过一生中最快乐的时光的地方，就如同唐朝人思念长安、宋朝人思念汴京一样。我们遍体鳞伤，经过惨痛的煎熬，使我们身上出现了或好或坏或别的什么新品质。我们不仅体验了生活，也受到了艰辛生活的考验。我们的身体受到严重损伤，但我们的信念如故。现在我们深信，生活中的苦与乐其实是一回事。

对张奚若为她安排的住处唐家花园，林徽因描述道——

所有最美丽的东西都在守护着这个花园，如洗的碧空、近处的岩石和远处的山峦……这是我在这所新房子里的第十天。这房间宽敞、窗户很大，使它有一种如戈登·克雷早期舞台设计的效果。甚至午后的阳光也像是听从他的安排，幻觉般地让窗外摇曳的桉树枝桠把它们缓缓移动的影子映洒在天花板上！

如果我和老金能创作出合适的台词，我敢说这真能成为一出精彩戏剧的布景。但是此刻他正背着光线和我，像往常一样戴着他的遮阳帽，坐在一个小圆桌旁专心写作。

这里的海拔或是什么别的对我非常不利，弄得我喘不过气来，常觉得好像刚刚跑了几英里。所以我只能比在李庄时还更多地静养。他们不让我多说话，尽管我还有不少话要说。可是这样的“谈话”真有点辜负了那布景。

昆明永远那样美，不论是晴天还是下雨。我窗外的景色在雷雨前后显得特别动人。在雨中，房间里有一种难以言状的浪漫氛围——天空和大地突然一起暗了下来，一个人在一个外面有个寂静的大花园的冷清的屋子里。这是一个人一生也忘不了的。

# ㊄ 云南他景：寻古离城又一城

# 从滇池到洱海

罗常培

从滇池到洱海，作者遵循着时间脉络，记述着一路向南的旅程。虽然游山玩水、寻访古迹并不是此行的目的，但这一点儿也不妨碍他为风、花、雪、月所吸引。由此，即便是不善于写游记的人，也总想写点什么。

假如相信星命家的话，我这一年间也许是犯“驿马”，去年夏天刚周游了几千里的蜀道，今年开春没想到又有滇西之行。

1942 年 1 月下旬，顾一樵先生奉命来滇视察，约我一同到迤西考察边疆语言。本来去年秋天华中大学中国文学系主任游泽承（游国恩）先生就约我在寒假里到喜洲去玩，顺便调查民家的语言和生活状况。此行既然可以拿一块石头打两个鸟儿，我乐得借机会走一趟呢。

2 月 2 日上午 10 点，偕梅月涵、顾一樵、潘光旦诸先生从昆明西仓坡出发，下午 1 点 45 分到禄丰。沿途所见满眼都是童山濯濯，荒草枯槁，令人只有干燥肃杀的感觉，比起去年夏天在四川所见的秀润气象来简直是别一天地。《南诏野史》引元梁王诗云“野无青草有黄尘”，确可道出这种景象。过禄丰后得要爬两个坡：头一个叫羊老哨，高度约 2000 公尺；第二个叫级山坡，高 2140 公尺，盘旋达 20 公里。羊老哨并不很险，级山坡既陡且弯，汽车在迂曲的崖边窄路上盘旋着，随时都会发生危险。下坡以后复见平原，田禾和树木也渐渐多起来了。下午6点到楚雄，共行192公里。承中缅运输总局余啸南总管招待我们住在滇缅公路第二工程段。晚间月色甚佳，同一樵到街头步月，信步走到荒僻无人的地方，被驻军警告才折回寓所。

第二天上午9点半从楚雄总站出发，11点15分，到250公里的地方休息了20分钟，继续登天子庙坡。这是昆明到下关中间顶高的一个坡，高度达2600公尺，长约30公里，途中像重庆老鹰崖那样迂曲盘旋的工程就有十几处。我们走了将近一点钟，在264公里的山顶上，汽车因为油管渗漏抛了锚。车上除去司机之外还有两位工程师，但因所带的器械不够，直到下午4时还没修理好。于是一樵让我和光旦搭上一辆卡车先到山下设法寻找救济车。5点钟下山到287公里的地方，卡车把我们撂下了。这个地方叫做笠毕甸，两家么店子前面倒是停着好几辆卡车，问起来就是待修理的，没有一辆担当得起上山救济的责任。不得已，在一间么店子里找到两个有草荐的铺位，早晨在楚雄吃的一碗牛肉面，到这时候早就消化完了，肚子里饥肠辘辘的虽然一个劲儿的叫，可是看着老板娘泥手亲调的菜饭还是不敢尝试。而且心里惦记着抛锚在山顶的两个同伴，就是勉强吃也怕不能下咽。两个人轮流站在路旁望眼欲穿地仰着头向山上期待着。还算好，没过半点钟我们的车居然赶来了。休息一下继续往前赶路，7点多钟，在月亮还没上来的黑天底下看见公路两旁夹植着很茂密的树，好像西北驿路两旁的左公柳一样，不像是近年种的。果然刚到8点钟我们就拢了云南驿，这一晚享受了一次很痛快的淋浴，睡得非常酣畅。

2 月 4 日上午 8 点半从云南驿出发，路上看见很大的一片湖，那便是所谓“青海”，也是我们离开滇池后第一次看见的水。在祥云县南边 8 里有一个青华洞，《南诏野史》上说：“汉时出一鹿二首绝异。”这虽然是不经之谈，可是比起猪八戒曾经在这里洗澡的传说来，似乎还近情理一点。到祥云车站后等候汽车加油，休息一会儿，10 点 40 分继续前进，一路上平平稳稳的，除去爬了一个红崖坡，其余都是坦途。到 409 公里后又走了 1 公里的柏油路，12 点 50 分就到了下关。

到下关没停，即刻转上大理的支路。大理离下关 17 公里，沿路碎石满地，坎坷难行，在刚走过一段柏油路以后，相形之下，格外感觉不舒服。断断续续地下了好几次车才对付着到了县城。

大理县元明清都叫做太和，是旧大理府治的附郭首县。现在的县城在点苍山中和峰下，就是唐贞元中南诏孝桓王异牟寻所筑的阳苴咩城，也就是汉代的楪榆城。明洪武间，清康熙初，都重修过。城高两丈四尺，周围七里三分。共有四门：东名洱海，西名苍山，南名双鹤，北名三塔。背负苍山，面临洱海，以上关为龙首，下关为龙尾，城居其中，颇占形胜。县治所管辖的地方，南起下关，北至上关，西界苍山，东尽洱海，全县面积，以山水平陆合计，截盈补虚，约有 5850 方里，两关内的陆地只有 279 方里。

没到大理以前，就听见说这里有风、花、雪、月四景：风是下关的风，花是上关的花，雪是苍山的雪，月是洱海的月。下关多风的原因，据说从西南方 40 里箐所来的冷空气到下关被东山挡住，时时流到平阳地面，进到两关里面，四周也被山包围着，冷空气在里头旋转，不能腾空放散，于是互相激荡，发为狂风，声若钱塘潮涌，势若万马奔腾，每年从夏历八九月起一直到来年的二三月常常是这样。我在大理住了还不到十天，每天都刮得头昏眼花，住在楼上摇撼得像地震一样，所以我对于这一景领略得最为亲切。至于古老传说在点苍山三阳峰上有一个风孔，夏天从那里过，冷风都刺人肌肤，大理所以多风，就是由这个风孔来的，这就未免附会了。大理的气候不亚于昆明，四季温暖如春，所以常有不谢之花，据《徐霞客游记》上说，龙首关二里波罗村，西山麓有蛱蝶泉，“泉上大树当四月初即发花如蛱蝶，须翅栩然，与生蝶无异。又有真蝶千万，连须钩足，自树巅倒悬而下，及于泉面，缤纷络绎，五色灿然。游人俱从此月群而观之，过五月乃已”。所谓上关的花，似乎专指着这一种。不过《大理县志稿》上说：“上关有泉从石腹涌出，旁有花一株，高丈余，夏月花开，状若蝴蝶，首尾相衔，长垂至地，盖奇观也。今不存。”现在既然不存，我们也就无从对证了。提到苍山的雪，我们一到下关已经看见峰巅岩际映射出皑皑的银辉，阮芸台《宿大理三日看点苍山》诗有云：“其一在于雪，苍山雪最大，冬春雪未奇，六月白何怪？我来六月中，夜雪积巅背，皑皑亦终日，不畏秋阳晒。”我来的时候虽在冬春之交，证以这几句诗也不难想见夏秋的景况。最后的一景，我们对它却有些美中不足。因为我们到大理的那天，已经是夏历腊月十九日，虽然还可以看见下弦月，可惜没住在洱海边上，所以对于洱海月的茫渺，正如对于上关花一样。

点苍山在县城西三里，自北而南绵亘七十余里，一共有十九峰：中和峰耸峙在中央，它的南边有龙泉、玉局、马龙、圣应、佛顶、马耳、斜阳七峰；北边有光英、应乐、雪人、兰、三阳、鹤云、白云、莲花、五台、沧浪、云弄十一峰。各峰“皆如五老比肩，中坠为坑”，所以两峰中间都夹着一条溪水，合起来一共有十八溪：中溪在中和峰南，它的南边有绿玉溪、龙溪、清碧溪、莫残溪、葶萛溪、南阳溪；它的北边有梅溪、桃溪、隐仙溪、双鸳溪、白石溪、灵泉溪、锦溪、芒涌溪、阳溪、万花溪、霞移溪。阮芸台的诗里说：“峨峨点苍山，苍翠极可爱。平列十九峰，峰峰染螺黛。两峰夹一溪，十八溪为界。林樾矗浮图，岚霭罩阛阓。”颇可当做全山形势的鸟瞰。我们从下关转到大理的时候，在路上已经看见这十九叠翠屏风迤逦着遮蔽在县境的西边，它虽然没有奇峰突起，跌宕生姿，可是比肩联袂的层峦叠嶂中自然有崔嵬气象。据本地的朋友们说，苍山之奇，以清碧溪、洗马塘为最，前者是徐霞客所盛称，后者尚为霞客所未到。可惜我们来的时候正赶上风季，天气又冷，攀登绝顶，探涉寒溪，都不大容易；而且一樵行色匆匆，预备 10 日赶回重庆，所以只在 2 月 6 日承腾大师管区赵司令诚伯（德恒）和大理县李县长少和（世祥）的招待登了一回中和峰。

中和峰在县城的西南，和龙泉峰合为一顶，是点苍山的主峰，峰麓便作两支，中间低陷的一片叫做马蝗箐，箐中有黑泥一段，相传下有煤矿。峰下土脉硗瘠，枯黄的荒草以外，只有疏疏落落的小松，沿径所见并没有什么动人的景物。快到中和寺的时候，忽然一叠翠嶂涌现眼前，整个的峰头都被翠柏苍松遮蔽得看不见一点儿岩石的本色。回首俯瞰山下，洱海澄碧如镜，金梭、玉几、赤文三岛分峙在海中，几个“海舌”分着岔儿吐出西北海岸，海东的鸡足山绵延迤逦，一眼望不到底，迎面还有四四方方儿的大理县城，屏山镜海，市廛井然，北边的三塔，南边的一塔，危然对峙，映照得越发美丽，这一刹那我才领略出登山的乐趣来。从前杨升庵在《游点苍山记》里引李中溪的话说：“不见庐山真面目，只缘身在此山中，必须东泛洱水，卧数溪峰，庶几尽点苍之变耳。”我也觉得欲瞰洱海之胜，不能求之于海中，也不能得之于地上，只有登峰造极，俯瞰远瞩，才能一览无余，括见万象。等到傍岸临水，顶多只能看见眼前的波涛起伏，便不能欣赏到全部的汪洋万顷了。中和寺前的牌坊有清康熙帝所写的“滇云拱极”四字，寺后悬崖刻有明李中溪的“高山流水”和近人李印泉（李根源）的“磅礴排荡”，寺内玉皇殿前又有李瑞清所写的“中和位育”横额。两朝三李，先后辉映，颇为这个庙生色不少。

洱海是由西洱河、洱源湖、凤羽河三个源头汇成的。北起邓川东南，南至凤仪西北，腹广约 20 里，两端渐狭，长约百里，样子像上弦的月牙儿，首尾拢抱着点苍山云弄、斜阳两个峰的山麓，中虚其腹，西纳十八溪水，东纳东山老大箐水，东南纳凤仪波罗江水，东南流经下关，折西出黑龙桥，更西行出天生桥，回绕到点苍山的背后，50 里至合江铺西北，纳漾濞江，南会澜沧江。海里有金梭、玉几、赤文三岛，有青莎鼻、大贯溯、鸳鸯、马帘四洲；又有九曲，皆可田可庐。我们到大理的那几天，正赶上天天有风，虽然可以登中和峰俯瞰全海，却不敢泛舟洱水卧数溪峰。2 月 5 日早晨本打算到喜洲去参观华中大学，因为路坏不能行车，走到半路，一樵踽踽独行地跑路去了，梅先生、光旦和我折回来，乘便到才村去参观民族文化书院。才村在县城东8里的海边上，村多杨姓，在明清两代的功名很发达，村口的题名坊便是一个好证据。民族文化书院的校舍是新建筑的楼房，原系杜文秀水师营故址，院内有亭可看崇圣寺的三塔倒影，可惜时较早，风太大，我们并没看见一点影儿。书院现有教授八人，职员数人，学生九人，内分经子、历史、文学、社会四系。张君劢先生现在重庆，院务由张教务长仲友代理。从书院出来便到海边的古浩然阁去领略楪榆十六景之一的“海阁风涛”。阁凡三楹，围以石栏，临海有一牌坊，额题“龙门”两字。凭栏远眺，沧波百里，风起涛涌，像雪球一般的浪花溅起多高，大风激起狂涛，白浪助长风声，奔腾澎湃，简直分辨不出哪是风声，哪是涛声。这同中和峰上俯瞰的洱海比起来，另外是一番景象。临水亭的遗址已然找不出，只在阁对面的龙王庙里仆放着一块嘉庆十三年郡人吴光祖重修古临水亭的碑记，北墙侧还砌着一块明正德十三年的碑，碑阳砌在墙里，文字已不可辨。

2月4日，刚到大理的那一天，一樵同我到国立大理师范学校召集学生训完话，便由钟校长志鹏、贺教务主任益文陪着去游三塔寺。三塔寺就是崇圣寺的俗称。寺在城西北点苍山小岑峰下，周围三百余亩，原来是唐开元中南诏蒙氏所创建，被灾后又经大理段氏重修。寺后面有三个塔：中间一个高三百多尺，四角一十六级，式样很像长安城外荐福寺的小雁塔；其余的两个是八角十级，比较矮一点。塔顶有款识，为唐开元元年南诏延匠人恭韬徽义造的。据本地人传说，明正统九年五月六日，地震塔裂，“旬日复合”……据徐霞客说：“铸时分三节为范，肩以下先铸就而铜已完，忽天雨铜如珠，众共掬而熔之，恰成其首，故名。”这种神话也只好姑妄听之。霞客又说："正殿后列诸碑而中溪所勒黄华老人书四碑俱在焉。"黄华老人是金翰林王庭筠别号，现在原诗的四块碑已不存在，市上间有后人勾勒集字的对联，我看见文化书院同学王树椒替向觉明先生买到的一副，文为"梵佛一堂林宇竹窗无上地，百年千日雪山云谷更高人"。展（辗）转摹刻，字形已经走得不成样子，更勿论原书的神韵了。崇圣寺碑是元朝"翰林侍读学士知制诰同修国史受中奉大夫云南诸路行中书省参知政事李源道撰"，"真城苾芻念庵圆谟书丹"，"泰定二年岁次乙丑夏六月辛卯中顺大夫大理军民总管段信苴隆立石"。字体近李北海，绝少剥蚀，碑文仿苏子瞻表忠观碑体，借崇圣寺以表扬段氏的勋劳。其中有一段说：

段氏以三百年幅员万里之土，纳款于我。岁癸丑之后，厥祖摩诃罗瑳奉命四征不庭，至于宋境，深入邕广安南之区。上嘉之，锡以金虎符，使领旧土。公受命以来，益自奋励，抚绥蛮夷，奖练士卒。攻鄯阐，下石城，克新兴，取寻甸。挫舍利畏三十万肃集之师于滇海之上，破择多罗十余万寇抄之众于洱水之滨。有制褒之若曰："段实款附而来，忠勤益著，庸示至优之渥，以彰同视之仁。"大哉王言，以见公之忠勋简知于上，当不在钱氏下。顾斐然之文不足以发明其蕴，惜无文忠公之笔以表扬之也。子庆番侍春官，父子并以宣慰元帅之节，继参大政，始终七觐阙庭，赏赉无算，褒大推崇，生荣死哀，以裕厥家，诸孙之为方伯连帅者又十余人。（参阅明李元阳纂《云南通志》卷十五，清黄元治

修《大理府志》卷二十九）

这一段在大理史乘上是很重要的事实，可是 1912 年所修的《大理县志稿》里，这篇碑文和《元世祖平云南碑》都漏而未载，当时修志的人似乎不应该连李纂《通志》和黄修《府志》都没看见，《通志》《府志》既然把这两篇碑文一字不遗地完全载进去，何以县志里反倒没有？不知道是偶尔的疏忽，还是别抱着种族上的成见，故意删去呢？从保存文献的观点看，这两块碑在历史上都是很有价值的。《元世祖平云南碑》在城西观音市，分上下两截，剥蚀甚多。碑阴没有文字，顶上有佛像三尊，座下石赑屃颇矮，周围用砖甃着，高约一丈多。碑文是元翰林学士程文海所作。我现在根据原拓片参照李纂《通志》卷十五和黄修《府志》卷二十九所录全文，把它抄在下面（行款依照原碑），并略加校语于下：

世祖平云南碑

阙家继天立极日月所照罔有内外云南秦汉郡县也负险弗庭乃

宪庙践祚之二年岁次壬子我

世相圣德神功文武

皇帝以介弟亲王之重授钺专征秋九月出师冬十二月济河明年春历盐夏（按李志“盐”下多一“夏”字）四月出萧关驻六盘八月绝洮逾吐蕃分军为三道禁杀掠焚庐舍先遣使大理招之道阻而还十月过大渡河

上率劲骑由中道先进十一月渡泸所过望风款附再使招之至其国遇害十二月薄其都城城倚苍山西洱河为固国主段兴智及其柄臣高太（“太”李志作“泰”，下同）祥背城出战太败（“太败”李志作“大败”）又使招之三返弗听下令攻之东西道兵亦至乃登点苍山临视城中宵溃兴智奔善阐追及太祥于姚州俘斩以殉（“殉”李志作“徇”）分兵略地所向皆下惟善（“善”李志作“鄯”，下同）阐未附明年春留大将兀良合台（“台”李志作“解”）经略之

上振旅而还未几拔（“拔”黄府误作“援”）善阐得兴智以献释不杀进军平乌蛮部落三年（“年”李志黄志均作“十”）七攻交趾破其都收持磨溪洞三十六金齿白彝（“彝”李志作“夷”，下同）罗鬼（1934年重印本删去“罗鬼”二字，“诸蛮”作“蛮国”）缅中诸蛮相继纳款云南平列为郡县凡总府三十七散府八州六十县五十甸部寨六十一见户百二十八万七千七百五十三分隶诸道立行中书省于中庆以统之大德八年平章政事也速答儿建言所领云南地居徼外历世所不能臣

先皇（“皇”李志作“圣”）帝天戈一麾无思不服今其民衣被皇明同于方夏幼长少老怡怡熙熙皆自忠（“忠”黄志作“忘”）其往陋非我　神武不杀之恩不及（“及”李志讹作“反”）此惟点苍之山尝驻跸焉若纪　圣功刻石其上使臣民永瞻仰于事为宜中书以闻（以上上截共30行。按李志、黄志均无此行）

## 翰林院臣程文海

制曰可以命词臣程文海再拜稽首而言曰

世祖皇帝之德大矣辟如天地之无不持载无不覆帱（“帱”李志作“祷”凡字外加括弧者今皆剥蚀，据李志及黄志补入，下同）（而）（生）（生）（之）意恒寓于雪霜风雨寒暑变化之中物之蒙之者熏然而温洒然而濯翕（“翕”黄志讹作“翁”）然而同靡然而顺有不自知其然而然者故其功烈之（崇）基业之广贯三灵而（轶）（千）（古）以（“以”上李志有“夫”字）大理之昏旄拒虐我使人若奋其武怒俾无遗育可也而招来（“来”李志作“徕”）绥缉终释其主弗□（诛）（“诛”上仍蚀一字，李志及黄志均脱）呜呼微天地之德孰能与于此（“此”李志作“斯”）乎（今）

陛下建（“建”李志作“达”）中和之政凡以绳祖武厚（生）民无所不用其极中外钦承无远弗（届）是以藩方大臣于钱谷甲（兵）之外倦倦以耞（“耞”半蚀，李志及黄志均作“光”）昭令德为请其知为政之本也已汉世宗从事西南彝天下为之骚动蜀（民）咨怨喻之谆谆凿池莅（习）再驾而（后）（取）之（其）视今（也）孰愈（穆）（王）（周）行寓县必皆有车辙马迹焉初非（疆）（理）天下也而世犹颂（“颂”李志作“诵”）之至今其视跋（履）山川洒（濯）其民而（纳）于礼义之域孰愈彼碧鸡金马与（夫）点苍皆其（山）（之）望者也汉使祭之唐季盟之夫（李志“畏”上有“所”字）各有畏焉耳今（也）镌未（始）（磨）（之）

（崖）（纪）无能名之（绩）桓桓（烨）（烨）（“烨烨”据李志补，黄志作“弈弈”）与世无极岂惟足以震百彝（荣）千古其余（光）所被（“被”黄志作“著”）山（川）鬼神与皆（“皆”李志作“嘉”）赖之呜（呼）（盛）哉（“哉”上多一“矣”字）臣事

先皇帝早（受）眷知今（后）待罪（禁）林（发）扬蹈（厉）职也不敢（以）（荒）（落）（辞）谨再拜稽首而系之

（以）（黄志无“以”字）（诗）曰

于（皇）（维）（元）载（地）（统）（天）大噫小（嘘）（日）（寒）（以）（暄）粤西南（陬）水骋（“骋”黄志作“驶”）山蝤（风）霆流行（“行”李志作“形”）气交神州跋息（蠕）（蠕）（勾）（“勾”黄志作“上”）（萌）鲜（鲜）（谷）（饮）巢居燕及（跕）鸢繁谁之恩（圣）祖神（孙）（武）烈文谟湔祓生存既有典常被之服章我吏（我）（民）（我）工我商（万）（国）一家孰为要荒点苍（苍）（苍）禹迹尧（墙）（井）（钺）（参）旗（终）夜有光威不违颜作善降（祥）嗟尔耄倪视（此）勿忘

□宪二年仲春月黄口口吉口（按李志、黄志均无此行。以上下截，共38行）

这个碑文的上截保存得还好，下截现在剥蚀得不能卒读，假使李中溪也存着成见，那么这一段文献岂不就湮没了吗？我希望将来重修大理县志的时候，应该抱着历史家的态度，换一副眼光，把这些有关系的文献搜补

进去才好！

2月5日一清早，一樵在赴喜洲以前又约我同游了一趟一塔寺。一塔寺是宏圣寺的俗称，寺在城西南一里许，塔为方形，凡十六级，高二十余丈，和崇圣寺中间的那个塔高度式样都差不多，相传是周昭王时阿育王所造，又有人说造于隋文帝，都不知道根据什么来的。自从明吴鹏《重修崇圣寺记》把三塔顶上的款识“唐开元元年南诏延匠人恭韬徽义造”误作“贞观六年尉迟敬德监造”，杨升庵的记文也跟着错下来。辗转传讹又有人以为这一个塔也是尉迟敬德监修的，那就越发无稽了。宏圣寺为唐时蒙诏所建，明嘉靖间李中溪重修过一次，一塔和三塔也是李氏在那时捐资重修的，在一塔的座下有嘉靖二十五年“监察御史荆州知府郡人李元阳大观堂修改记”，杨升庵篆额，生员秦世贤集赵松雪字。寺前有嘉靖丁酉杨升庵勒的岣嵝碑，又有张思叔座右铭碑，未有题识云“万历庚辰江陵刘维写于武定使署属太和令孔宗海刻石点苍山之报功祠”。所谓“报功祠”不知是否指着嘉靖二十一年佥事王维贤所建的武侯祠说。祠毁于清咸丰丙辰的乱事，1912年拿旁边的玉皇阁改祀武侯，现在当地人就把它认为一塔寺。祠前有石坊，横额前刻“望重南阳”，后刻“名留西蜀”，这是唯一可供后人凭吊的一点儿遗迹。国立大理师范学校的附属小学就设在一塔寺，现在由俞君思敬主持之。

到大理以后，梅、顾、潘三先生本来想约我一同回去，可是我一则发现大理师范的学生里有许多来自边地的，可以供给我许多语言材料，二则想践泽承之约，所以决定把寒假在大理消磨过。2月6日晚，送他们到下关，

7日早晨，承严燮臣先生招待到温泉洗完澡，又游览一回天生桥。温泉离下关五公里，属凤仪县，水比安宁的热，但所含的硫磺质也不多，设备还清洁。天生桥离下关四公里，是洱河西流处。绝壑深堑，中间有一石梁，像人字形，凭虚凌空，仅仅可度一人，所以叫做天生桥。桥的西边约百步，洱水出桥外石崖悬泻数百尺急湍激石乱，浪花飞溅，沫泡成珠，好像初绽的梅花，四季一样，所以相传叫做“不谢梅”。桥上路旁的石崖侧，有清光绪丙午赵州牧武昌□□□所立“汉诸葛武侯擒孟获处”石碑，近内政部次长张维翰视察迤西，因为和史实不合，已经派人用石灰涂去。其旁有宣统元年邑人所立“蒋壮勤公立功处”石碑，蒋名宗汉，鹤庆人。左侧还有隆庆□年李元阳《天生桥石表记》，因为时间匆促，未及细读。当天下午1点半送梅、顾、潘东返后，就承中缅运输处下关总站薛文蔚总管自己开车把我和马希良师长一同送回大理了。

1942年2月14日，夏历辛巳除夕，写于点苍山麓

# 苍洱之间

罗常培

虽说是走马观花的一瞥，但作者的记述却是诚意满满。字里行间，除却所见所闻，便是引经据典。作为一个有考据癖的人，任何一处的古迹，任何一种的风俗，都散发着让人一探究竟的魔力。

从滇池到洱海的旅程，我已另有短文记述。因为边地族语材料的吸引，一晃儿我在大理又住了一个多月。在这一个月里，我记录了粟粟、俅子、怒子、拉吗、民家五种族语，对于民家我还注意到大理、喜洲、邓川、宾川、洱源、鹤庆、泸水、云龙各地的方言差别。在工作进行上，我应该感谢国立大理师范学校钟志鹏校长，华中大学中国文学系游泽承包渔庄两先生和五台中学的教导主任王树森，给我很多的便利。

工作的情形相当的紧张，大概除去夏历辛巳除夕，壬午元旦，和往返喜洲的途中，很少空闲。为恢复疲劳只抽出两三天来登山临水，访古寻幽。虽然到处都是走马观花的一瞥，却也有不少值得记述的，现在就把它点点滴滴的写出来。

## 一　大理的新年

大理过年的情形没有什么特别的。除夕的下午各店铺大都闭起门来，大街上有好多人当真拿着笤帚实行扫除。元旦街上很冷静，除去看见三个一群五个一伙穿着新衣服的拜年人，还听见道旁关着门的铺子里透出清脆的掷骰子声。人类学者许烺光为研究祖先崇拜问题很想深入民间，后来听说此间大规模的祭祖在七月不在正月，也就没有什么收获。正月初五日在三塔寺后边有所谓“葛根会”，本地人很踊跃的参加，红男绿女们都在游罢归来的时候，购得葛根和甘蔗。这个会的来源不可考，想来许是在初春吃一点清凉的药品可以免疫解渴。初九日中和寺还有所谓“圣诞会”，听说有许多民家去唱调子，我因为那天赴喜洲，没能去观光，所以也没领略到“哀而商”的韵味。

## 二　杨玉科祠和杜文秀府

杨玉科和杜文秀是清咸丰丙辰迤西事变中最有关系的人物。杨祠在省立大理中学内，就是原来西云书院故址。玉科字云阶，丽江人。由劳绩洊膺提督，二等男爵。初隶张正泰部下，正泰被戕后，集有义勇数十，往来中甸、维西间。乙丑冬率敢死百余，夺取鹤庆。后随巡抚岑毓英克复大理，底定迤西。越南之役连败法兵，光绪乙酉正月初九日阵亡于谅山，予谥武愍。西云书院即取迤西杨云阶创设的意思。祠中一小龛内供着一个高约一尺的塑像，着清代衣冠，眉宇颇生动，但姿态不大好。导游的朋友说是杜文秀像，我想就是玉科本人。假若是杜文秀就不该供在杨祠内，更不该穿着清代衣冠。后来在观音堂看见杨玉科的另一塑像才证实我的怀疑是不错的。祠前有光绪十七年八月所刻三次御赐祭文的石表。书院曾经刘安科重修，花木繁盛，亭榭曲折，颇能脱俗。有石碑一，上刻宋湘嘉庆丁丑所作洱海行，及道光二年所作种松三绝句。宋湘字芷湾，嘉应州人，道光间官大理府知府。尤其别致的是在大理石的花池边上刻有安化贺宗章所作的湛园八咏。

杜文秀的帅府就是清代的提督衙门。据大理县志稿说："提督署在城内五华街。清咸丰六年大理城陷，回首领杜文秀并署北民人屋产，加造内城，改称帅府。同治十年乱平，巡抚岑毓英堕其城垣。光绪元年提督杨玉科中军李锦昌，请款修复甬壁大门。七年提督黄武贤中军黄河洲请款重修。"自从民国二年裁撤提督后，曾经作过陆军步兵旅司令部，迤西道尹公署，迤西镇守使署，现在是腾大师管区司令部，赵司令诚伯（德恒）即驻节于此。诚伯腾冲人，日本士官学校骑兵科毕业，民国九年曾任大元帅府参议，博闻强识，健谈工诗，每逢茶余酒后，谈笑风生，四座叹服，几乎不容旁人有插嘴的机会，近所作无题八律，怀人八绝，很得李玉溪的韵味。又有大理绝句三十二首，风格情韵超轶杨升庵宋芷湾之上，把这个南诏故都渲染得生色不少。部内的大堂颇轩敞，地下铺遍大理石，堂后可望苍山，且有绿蕉翠竹交相辉映，极为幽静。有坐椅四张，雕工很精致，背上刻着麒麟，相传是杜文秀的遗物。堂前有明弘治三年大理卫所铸铁炮四尊，俗称作"铁桶江山"，"桶"或由"铳"音转。此外别无杜文秀的遗迹可考。

## 三　关于喜洲

喜洲就是南诏时候的大厘城，或因隋将史万岁曾驻兵于此，管它叫做史城，现在当地的民家话呼做 ha chie，chie 即是“脸”或“睑”的对音。唐樊绰蛮书六睑第五云：“大厘谓之史禋。……太和城，大厘城，阳苴咩城，本皆河蛮所居之地也。开元二十五年蒙归义逐河蛮据太和城，后数月又袭破苴咩。盛罗皮取大厘城，仍筑龙口城为保障。阁罗凤多由太和大厘邆川来往。蒙归义男等初立太和城以为不安，遂改创阳苴咩城。”又云：“大厘城南去阳苴咩城四十里，北去龙口城二十五里，邑居人户尤众。盛罗皮多在此城，并阳苴咩，并邆川，今并南诏往来所居也。家室共守，五处如一。”新唐书南蛮列传云：“大理睑亦曰史睑。”又明弘治八年杨谟重修大慈寺碑云：“蒙氏九代孙孝桓王迁都五峰下‘国号’史城”。明李元阳云南通志卷十六羁縻志云：“异牟寻以唐代宗大历十四年嗣立，先居史城”。原注“史城，今喜洲也”。可见喜洲在唐代同现在的大理城（就是那个时候的阳苴咩城），是一样重要的。现在从表面上看起来，喜洲比大理整齐得多。镇里的殷实大户有杨董赵李尹张严诸姓，各家的宅第都是画栋雕梁，轮奂可颂。最近新建筑的一所大宅子，听说花了二百万，澡盆、恭桶、发电机，色色俱全。镇里绅士捐资兴建的苍逸图书馆和五台中学，在抗战时候看起来，都觉得堂皇富丽，颇堪羡慕。当地有“穷大理，富喜洲”的俗谚，大概不算是夸张。美中不足的就是苍蝇太多。听说到夏天更厉害，说话时若不用手轰着，往往有飞到嘴里去的危险！

喜洲在明清两代科第也颇发达。明朝的给事中杨弘山（士云）就是此地人，客家门首悬着“进士第”“甲科第”“大夫第”的不一而足，在四方街的通衢还竖立着题名坊和翰林院给事中的石牌坊。市面三天一街，每天早晨还有邻村妇女聚到街上卖布，颇有古代“抱布贸丝”的遗风……

## 四　华中大学

抗战以后，华中大学起初从武昌搬到桂林，后来又由桂林搬到喜洲，到现在差不多快三年了。校址在喜洲镇的东南，是由大慈寺、张公祠和文庙三处合成的。大慈寺是南诏时建的，明成化乙酉和弘治八年两度重修，寺中现有明洪武戊寅沙门无极宝莲殿记，和弘治八年杨谟重修大慈寺记两个碑。据元张道宗记古滇说云：“时六诏之渠帅曰蒙舍诏，越嶲诏、越泊诏、浪穷诏、施浪诏、邓赕诏，国相张建成始服五诏。又三十年王（蒙诏威成王乐诚）遣张建成朝唐。建成乃喜洲人也。入觐过成都大慈寺。适寺初铸神钟已成，寺僧戒曰‘击钟一声施金一两’。时建成连叩八十声。僧惊问曰：‘汝何人，连叩如此？’曰：‘吾云南使张建成也’。僧乃易其名曰‘化成’。成曰‘佛法南矣’。遂学佛书，归授滇人。成至京朝唐，时玄宗在位，厚礼待之，赐以浮屠像而归。王崇事佛教，自兹而启。”这一段传说和大慈寺创建的历史颇有关系。张公祠是已故司法部长张榕西先生（耀曾）的家祠。他的始迁祖也叫张建成，和上面所说的南诏国相同名。据张氏宗谱上说：“始祖张建成‘直隶凤阳人’，元时官滇通海路古桥州。负奇好义，仗义倜傥。榆段高其名，迎至礼遇，遂卜居喜洲。”自明以来，以甲第显者凡三人：张洪文，明嘉靖乙未进士，号桂城先生，曾创建桂香书院；张云鹏，明弘治壬戌进士；张士铿，清光绪庚辰进士。到榕西为第二十六代。文庙也是元时创建。下祀唐御史杜光庭神主。这三个地方联接起来恰好够华中大学三院的教室和办公处之用。

华中从韦卓民校长接办以来已经有十八年的历史，平时不求闻达，却独自关起门来苦干。比如理学院卞彭年、万绳武、萧之的各教授在物理化学生物方面都有自己的贡献；熊子璥教授利用迁校的旧汽车发动电流，除去供给实验外，还可以烧燃全校几十盏电灯。最初每晚开灯四小时只需国币十元，现在虽然物价高涨所费也不过三十元上下。就这一桩来讲，就可以看出华中同人利用现有设备一点一滴去作的精神！教育学院在黄秋浦（溥）院长领导之下颇注意于英语和音乐师资的训练，三四年级学生都借五台中学去实习。文学院里除去中国文学系的几位老朋友外，我还会到历史社会系的许烺光，经济系的唐炳亮、张祖尧各教授。中国文学系的研究室由游泽承包渔庄两教授领导，从二十七年以来，每年都有研究报告寄给美国哈佛燕京社，因为大家的努力，每年协款递有增加。他们所写的论文，据我看到的，如游泽承的说蛮，西南彝语考，火把节考，说洱河；包渔庄的释僰，民家非白国后裔考；傅懋勣的昆明倮倮语研究，利波语研究等等。本年新聘葛毅卿任副教授，葛君在教育部时，曾到滇黔川康一带调查，所得边疆语言材料甚多。许烺光教授是著名人类学者马利诺斯基的高足，他最近作 The differential functions of Relationship Terms 颇有独到的见解。他现在的计划是研究上关到下关一带的祖先崇拜问题。

## 五 圣源寺和罗刹阁

在昆明看到白国因由和苍洱碑，已经久仰圣源寺的大名了。三月八日我在五台中学记音告一段落，承该校教师王树森先生和邱钟棠女士招待我去游圣源寺和罗刹阁，同伴还有一个初中一年级学生名叫李月超。圣源寺离喜洲约七里，寺里大殿旁边的清光绪间杨泰山重建圣源寺碑记云：“蒙氏建寺名圣源。由唐至宋真宗时段氏重修。炎宗壬子年寺毁，平国公高顺贞复建之，纪大士一十八化世，传为白国因由，绘影图形洋洋如在。及元有元帅杨智公。明则中溪李太史桂楼杨先生，相因而修饰润色，极庄严。近迄清康熙时，寺遭水患，仅存大殿。有先觉大龄含宏省机等……，结志修补，积十六春秋而修还如故。……自丙辰兵兴，贼分兵驻寺堵御，同治壬申京兵大发，贼竟束手无策，放火而逃，将千百年古迹化为乌有矣。……光绪壬午邑人重兴土木，戊子而大殿告成”。那么，现在的大殿只是清光绪间重修的罢了。殿中供着三世佛，前面的二十张隔扇，上面刻着白国因由，下面刻着观音圣迹图像。第一到第七述观音降罗刹事，第八到第十一述白国来源，第十二到第十六述观音降诸彝，第十七到第十八述大理起源，第十九“示梦岑宫保绘图擒贼”和第二十“杨总戎扫穴擒渠”两章是今本白国因由所没有的，这显然是光绪重修时为纪念岑毓英、杨玉科而追加上去的。南偏院另有殿三间，殿廊左壁嵌着杨黼所作汉字白音的苍洱碑，右壁嵌着清康熙五十四年董学祖所撰省机禅师行实碑。殿里边，南有康熙三十一年圣元寺开山大师中和尚实行碑，北有康熙三十三年圣元寺常住碑记。中祀观音化身之老僧，左祀文昌，右祀火神。香火并不发达。苍洱上面的民家话现在已然没人能通其读。喜洲有两位会念它的音，但不会解释它的意义。前年傅君懋勣曾经指导华中中国文学系学生萧雷南把它的音记下来，并略考杨黼的事迹。案杨黼大理下羊溪村人，别号存诚道人。“素好学。读五经皆百遍。训诲乡里子弟，口不言人过，兼好释典。口绝膻味。工书善篆籀。人劝其应举，必当有获。笑曰：‘性命不理，而理外物乎？’庭前有大桂树，缚板其上，题曰桂楼，日夕偃仰其中，咏歌自得。尝以方言著竹枝词数十首，皆发明无极之旨。每出游，遇林泉会意，辄留连不能去。然以父母在堂，不欲远离。家虽贫，躬耕数亩，以为养亲甘旨，但求亲悦，不愿余也。父母殁为佣以营葬，葬毕入鸡足山，栖于罗汉壁之石窟中，十余年，寿八十，子孙迎归。无疾而终。”（节采李元阳存诚道人杨黼传。）由此看来，他在苍洱碑以外还有用民家话所写的数十首竹枝词，可惜我在仓促中没有找到。

到圣源寺后，忽然赶上急风骤雨并且夹着冰雹。可是我们并不因为天气变了就失望。我仍旧拿着小本子东抄西写，李月超去买柴，王先生帮着烧火，邱女士把带来预备野餐的菜烹调起来，居然也凑成四菜一汤。其中有一味是麂脯，就着升酒细细咀嚼，别有一番滋味。假如不下雨，大家坐在山坡上去吃更当有趣了。王邱两位同是学艺术的，所以生活懂得艺术化。三八妇女节是他们俩的结婚纪念日，顺便约我同游，随后才知道我无意之中夹了一回萝卜干儿。

吃过午饭，雨过天晴，太阳又出来了。下午一点半钟由圣源寺出发，从从容容的顺着小路走，约摸有五六里的光景，王邱两位用手指给我看，在莲花峰的山腰，从一片苍翠中映现出一段红墙，那便是罗刹阁。上阳溪的水从峰际流下来，分散成几条小溪，随处澄澈见底。我们循着溪流，冲着红墙的方向走，经过上阳溪村尽头的一片草坪，登上七十二级石磴，便到了遗爱寺。寺前有万年青两株，高约三四丈，大可两三围。北殿祀清平景帝，有神主云："大圣祐祚皇基清平景帝三四五爷新王太子神位"，后院西殿祀玄坛，南院的里殿中间供着释迦孔子，左边供着关岳，右边供着文昌，可谓"文武圣神"（用原匾语），同冶一炉。出寺穿小径上行约百步，在两峰环抱间，乃见罗刹阁。阁下有大石约两丈许，宽亦相称。中有罅漏，用砖密密的砌起来。相传观音把罗刹封闭在这块石头里边。罗刹译言邪龙。本地传说唐以前罗刹为害大理，唐初观音大士制服罗刹，才建立了白国。这不过是一种开辟的神话罢了。罗刹阁就建在大石头上，所供观音也作老人装，二指上翘，貌颇慈祥。站在阁前远眺洱海澄静如镜，沃野百余里，稻田和菜花交映，黄绿相衬，好像是王邱两位有意替我这位客人安排好了的图案！阁前有大树四五株，高约三四丈，下无枝叶，只在顶际如张绿伞，在山上许多疏林中间它确可以秀出众表。寺后拿莲花峰作屏障，上阳溪的水声不舍昼夜的在潺潺响着，难怪罗刹当年被观音引诱到这个地方就舍不得出来了。我们因为苍山顶上浓云又起，不敢尽兴流连，匆匆赶下山去，刚到上阳溪村里，大雨夹着冰雹果然下起来了。王君找着一个五台中学学生的住家暂避一会儿，承他们几个学伴会合起来勤勤恳恳的享先生以酒食。可惜我们午饭吃得太饱，只能接受他的好意，却没有下咽的胃口。四点半雨止后同着几个学生一块儿返喜洲，沿途同他们温习着民家话，并不觉得疲乏。

## 六　洱海之滨

自从二月五日在才村的临水亭望过一回洱海，这一个月里我并没有再到过一次海滨。三月九日记音工作停止后，包游两君留我多盘桓两天，那天下午我们三个便溜达到海滨去聊天儿。由城北到海滨有两条小路：偏南的一条，垂柳夹径，风不扬尘，走到尽头便是所谓龙湖。湖周遍绕着水杨，在一个好像镶着绿边的镜子中间漂出一座宛在水中央的楼房来，那就是苍逸老人严子珍（镇圭）的别墅海心亭，因为怕风没敢泛舟容与湖心，但在岸边凝视，已然让我想起暌违已久的西湖阮公墩、湖心亭和北平的北海、什刹海来了。偏北的一条，一直可以走到海边的沙村。杨柳荫下铺着茸茸的草地，海东的山上反映出落日的斜晖照在从沙村横吐出的一条沙洲上，站在远处一望，依稀像是青岛的栈桥。几个水鸟在无拘无束的任意翱翔着，两三匹啃青的小马很驯顺的低着头找他要吃的草。幽谧的背景恰好和澄静的湖面得到调谐，它和我在才村所见的“海阁观涛”，完全是两般景象！附近有一个小庙叫做顺则庵，难道就是从“不识不知顺帝之则”取意吗？

## 七　中央皇帝庙和三灵庙

在大慈寺的对面有一座中央皇帝庙，大概就是喜洲的本主庙。迤西所谓“本主”各村镇都不相同。这里所祀的中央皇帝，像高丈六，貌颇狰狞，赤须环眼，贯甲顶盔，横剑危坐，向西南怒目而视，看起来略有点儿毛骨悚然！……本主庙两旁的配像是些判官小鬼马童之流，和别处的城隍庙里的配像相同。那么本主的地位也许和别处的城隍相当。

三灵庙在喜洲西五里许凤阳村外，背沧浪峰，临霞移溪，竹树森蔚，溪水萦回，登高凭眺，亦可俯览洱海之胜。庙里有殿三楹，中间供着“大圣元祖重光鼎祚皇帝”“大圣圣德兴邦皇帝”“大圣镇子福景灵帝”“大圣妙感玄机洱河灵帝”四位塑像，还有“苍浪峰霞移涧得道有感龙神”牌位。关于“三灵”的来源，庙的北庑有明景泰元年三灵庙记碑，记述的很详细，兹录原碑全文如下：

三灵庙记　　　五峰兰雪道人杨安道书　　　并篆额

窃闻三灵者，其来尚矣。按白史自唐天宝壬辰蒙诏阁罗凤神武王时肇兴神迹，至灵至圣。其一灵乃吐蕃之酋长，二灵乃唐之大将，三灵乃蒙诏神武王偏妃之子也。厥诞生时，中宫无出，阴谋以猴儿易而弃废，埋于太和城之道旁。密遣侍女夙夜视之。冢生一苇而畅茂。群毕往复，有一搬牯先来爱护。一旦斑牸忽食之。女遂报于中宫。宰牸剖腹，出一男子，被戴金盔甲，执剑恨指，腾空而北往吐蕃。后率兵伐太和，至德源城，蒙诏乞和而归。后同二将复举兵至摩用，大战弗克，回至喜脸，赤佛堂前三将殒命。乃托梦院塝耆老曰：若立庙祀享，能通水利，除灾害。遂定星揆日，不月而庙宇成焉。由是雨旸时若，五谷丰稔。每于四月十九日阖郡祈告。迨异牟寻孝恒王追封号曰元祖重光鼎祚皇帝，圣德兴邦皇帝，镇子福景灵帝。院塝有一长者，乏嗣，默祷。其園种一李树，结一大颗，坠地现一女子，姿禀非凡。长者爱育，号曰白姐阿妹。蒙清平官段宝钔聘为夫人，浴濯霞移江，见木一段逆流，触阿妹足，知元祖重光化为龙，感而有孕。将段木培于庙庭之右，吐木莲二枝。生思平，思胄，号先帝先王。思平丁酉立位，国号大理。建灵会寺。追封母曰天应景星懿慈圣母。重创三灵庙。世传三十五代，凡三百九十一载。迨我圣朝洪武壬戌，大理臣伏。胤子段名赴京，见任湖广武昌卫镇抚。有宪椽院塝杨赐等施舍田亩。城南善士杨正等曰：三灵庙者一乡香火祈福之所，寂然不动，感而遂通，岂可不思补报乎？是以征言刻石，以彰厥德。予不揆疏谫，述其梗概而词曰：

三灵圣帝 天性正中 生前为将 殁后祀崇 阴翊治化

威德惟隆 雨旸顺序 祈祷必从 阖郡瞻仰 沛泽感通

黎民获福 于变时雍 西山苍苍 东海溶溶 纪德贝石

垂祐无穷

景泰元年岁次庚午秋菊月下浣 城南村 院塝村 江度村

这段传说虽然荒诞不经，但是同蒙氏起源的传说也相仿佛。记古滇说，南诏野史，滇小纪等都没有提到它，大理县志稿也没有收入，我所以把它抄下来供研究蒙段历史的人们参考。在庙中抄录的时候颇为辛苦，泽承站在碑前用临川腔的国语一句句的念，渔庄和我伏在一个灶台上各抄一半，回到喜洲又托万先法君誊清，这么一段东西也包含着四个人的劳作呢。碑里所引白史，应该就是白古通。白古通或疑杨升庵所伪托，不过李元阳的云南通志引它的地方很多，清乾隆时人陈鼎所作蛇谱也记着在剑川何氏家见到西南列国志，似乎当时是真有这部书的。在喜洲时会到一位宾川丁石僧君，他说光绪初年还有人看见过白古通的残叶，究竟是假是真，实在无从悬揣。向觉明先生对于这部书一向抱着当年刘继庄“悬金而求，募贼以窃”的态度，我到大理以前他谆谆托我找寻它的下落，结果我所能答复他的还是“杳无消息”。

三十一年三月十二日写于点苍山麓

## 八 无为寺与下鸡邑

三月二十四日，我把云龙泸水剑川的民家语记完，又访大理县立中学赵绍普（继曾）校长审正过民家语的声调，此行的主要工作，总算告一段落了。赵诚伯司令和马希良师长曾经允许替我接洽回昆明的交通工具，所以我访他们去辞行。谁知这一来，惹得他们异口同声的强留我多住了一个礼拜。这时徐悲鸿先生由保山开完劳军画展，路过大理，要到鸡足山去览胜，也被诚伯留在他的“帅府”下榻。在这一周间，他们除去料理紧急公务以外，大部分时间都费在招待这两个“酸秀才”上头。

二十五日李县长约游无为寺。寺在大理城西北八里许，点苍山兰峰的半腰，双鸳溪和白石溪分流于南北，原来是明朝永乐八年建造的。我同诚伯、悲鸿从城里出发，一边走，一边谈，健步直前，乐而忘倦，三乘滑竿跟在后面几乎赶不上。直到过了五里桥，拐上崎岖的小路，才想起让滑竿代了一段步，悲鸿还不时的跳下来流连风景，给抬他的黑籍夫子节省了不少的劳力。快到无为寺以前，第一惹起我们注意的，便是在迎面的一垛粉壁上镶嵌着用大理石刻就的“南诏胜迹”四个大绿字，那就是“月含桥”的遗址。转过粉壁，老远便看见那三棵驰名的唐杉耸矗在寺前了。三棵树都高约十几丈周约四五围，各有各的姿态，一点儿都不相同。中间的一棵从主干旁分出一枝细干来，离地一丈多高，便枝叶扶疏，左右匀称，看着虽然茂密，姿态却不免平凡。北边的一棵主干之外分出三枝细干，经苍山的西风吹了一千多年，所有的枝子都向东指着，比中间的那一棵显着好看多了；可是我顶喜欢的还是南边那一棵。它是一棵独干，在离地五丈许才有枝叶，四条虬枝矫健的向东北指着，另有两枝却指向反对的方向，牵掣作势。远望起来，像几条小龙儿腾空的在云中搏斗；又像一个和巨无霸一样高的拳师金鸡独立般斜撑开两膀在那儿比着奇俏的势子！寺的位置，据明汝南王朱有勋的游记说：“由溪而入，榛莽蒙翳。路若穷然，思欲回履，忽闻绝壁峭岩之间有人声，知为幽胜之所。遂披藤扪萝，且歇且进，历幽峦，蹑石磴，倏然若飘浮蹇腾，则身已在万顷云上矣。流盼容与，愈进愈佳，松涛响空，兰气袭人，乃忘其向之疲也。”可是，照我这次登临的印象来说，这种幽深奇险的境界，已经和寺里刻着这篇游记的“玉磬碑”一样看不见了。寺里正在翻修的翠华楼，是元世祖忽必烈的驻跸台遗址。相传明建文帝也曾在这里住过。大殿的廊子上有一口大铁钟，是明正统十年乙丑四月二十五日铸的。寺门的南边有明崇祯九年的石碑，正面刻着慈溪冯补衮榆郡唐梅诗序，碑阴刻着段藻云衢山房碑记。此外在大殿前还悬着清光绪二十一年刘安科所题“清净无为”和光绪二十五年李瑞清所题“无为寺”两块匾；翠华楼下的右壁嵌着李根源所写的沐璘、杨慎、李崇阶、杨仲琼、刘谦诸人的游无为寺诗。大殿的楹柱上有民国二十四年邑人杨荣升所作长联云：“日晒经坡风敲玉磬趁日暖风和快过月桥登驻跸；泉名救疫树列香杉爱泉清树古闲邀阁老步华楼”，寺僧大乘说这副对联包括“无为八景”，实际上已然大半湮没不存了。晒经坡在寺对面的东北方，相传唐玄奘曾晒经于此坡上终年不生青草。这个传说，不单上半是无稽之谈，就是下半也和事实不符。不过站在坡上向东眺，洱海澄碧如镜，鸡山迤逦如屏，拿望远镜来细看，连鸡山顶上的楞严塔都清清楚楚的摆在眼前。回首西顾，三棵唐杉的雄姿，掩覆在苍山的底下，因为光线、方向的变换，和进山时所领略的景象又不同了。在坡上凝望了许久，天风虚岚，牵衣萦发。跑回寺门前，悲鸿正在替三棵唐树写生。他先用木炭起稿，再用铅笔墨笔钩勒，对于光线的向背，皴纹的稀疏，丝毫都不肯草率。从前听见一位朋友说：“没成名的人卖力，成了名的人卖名”。照我自己的经验，再参证许多当真成名的人的实例，处处都可以证明这句话是自暴自弃的。离寺下山，大约四点多了。转过月含桥，便见缕缕的浓云像炊烟般从山谷间冒出来，一会儿弥漫了山腰，一会儿笼锁住古寺，慢慢的连苍山的几个峰头也迷失了本来面目。煦日的光辉刚刚隐匿起来，无情的西风便凛冽的吹着，坐在滑竿上摇摇欲坠，雨星儿不时的刮上了面庞，眼看着大雨就要下起来了。悲鸿为到五里桥挖一块玉带石，放开了脚步在地下走着，我们坐着滑竿都赶不下他。下山刚三里许，果然下起雨来，我和诚伯躲在一家水碓房的门前，等着雨小一点儿，又跑到一家民房里去歇息。幸而这一阵急风骤雨不大会儿就过去了，我们慢慢的在地下走着，各自谈了一两件可歌可泣的回忆，不知不觉的便回到了北门。

二十七日中午，悲鸿和周军凯、李立柏来邀，同应杨杏村（时芳）团长的约会，到下鸡邑去看打鱼。下鸡邑在大理城的东北八里许，是才村迤北洱海边上的一个村子。到北门和诚伯、希良、志鹏诸人会齐，十五骑马鱼贯的络绎前进。我虽生长北方，却从小儿没学过骑射，在马上东摇西晃的始终稳不住重心，更不用说控纵急徐的骑术了。所骑的一匹小马，据说是相当骏良的，可惜所驮非人，丝毫不能伸展它的才能，羁勒在缰索之下，俯首帖耳的慢慢走着，有时回过头来长嘶一声，宣泄它的郁积，似乎在表示所遇不谐的哀怨。据骑兵科的先进赵诚伯说：“会骑的人骑马，不会骑的马驮人”。马不幸而不能驰骋无羁的任性发展，它总愿被一个控制有方的人骑着，却不甘于庸庸碌碌的驮着一个随风飘摆坐不稳雕鞍的懦夫！所以我这一天虽然幸而没从马上滚下来，却对于这一匹小马十分的抱歉！

到下鸡邑杨宅休息片刻，便坐着两只小艇容与在洱海间。风不很大，海里吹不起波浪来，顺风向南驶着，走的很快。天上布满了乌云，太阳避匿在云的后边，可是隐藏不住的光芒又偷偷的从云缝儿里钻出来，辐射下几道霞光，映衬着黯黮的天空越发显着明丽。等到日光的斜度超越出乌云掩蔽的范围，便成片的洒满在海东的山上，因此一水的间隔就有阴晴的不同。小船泛过龙王庙的时候，风涛并不像我二月初在岸上所看见的那样险恶。到了才村渔人已经下过大网了。我们虽然没能看见洱海渔民的捕鱼生活，可是顺风泛舟，浮沉在水色山光中也觉得不虚此行。回来的时候，风浪较大，小船吃水颇深，心里未免有点儿害怕。杏村素来好客，款待的很殷勤，并且坚留我们在下鸡邑多盘桓两天，直到黄昏的时候还不肯放行。我们趁着他带有七成醉意，不得已留下诚伯殿后，不辞而别，快马加鞭的逃出了下鸡邑。一气儿跑了五六里，我和马渐渐和谐，两膝和臀部的控制，自己也觉得有点儿把握，不过刚在骑得稍有趣味的当儿已经回到大理城的东门了。

## 九　“挂彩”归来

经过一番酬酢，三月三十日诚伯、希良、军凯、立柏才送我到下关。承中缅运输总局下关总站薛凤章总管（文蔚）和陈车务长（昆书）的关照，第二天一清早我便搭七六三六号GMC车从下关出发，司机傅某，湖南人，人还老实，沿路总算顺适。当天没赶到楚雄，在沙桥过夜。四月一日早晨六点从沙桥起身，走出去不到一公里，汽车撞在一块大石头上，断了两块钢板，虽然还能对付着往前走，可是车身向左侧倾很多。我恐怕过级山坡的时候发生危险，一到楚雄总站便托余啸南总管设法。承他和黄车务长帮忙，把原车立刻发厂修理。黄车务长恐怕修理耽误时间，当天赶不到昆明，又给我换了一辆九六八八号新Dodge车，机器和座位都比原车好的多，司机蔡某，湖北人。八点三十分开出总站，蔡司机下车去买米，直等到九点钟，我原来坐的那辆七六三六号车已经修理好了开过去，他还没有来。又等了好半天，他同队的一位贵州人才跳上车来，替他开走。大约十一点钟左右，开到一百五十二公里的地方，离级山坡下坎还有两公里的光景，突然被昆明总站派出来的一辆稽查车给拦住。几个广东口音的稽查其势汹汹的先向我盘问，幸而我有薛总管填发的乘车证，算是没被他们捉作“黄鱼”。后来好像预先知道这辆车上有私货似的，就七手八脚的仔细检查。结果在车底下前后轮子中间的铁梁里搜出六十四罐味王，两匹法兰绒，又在车箱下层搜出肥皂三箱。检查过后，因为司机的是替工，没法被带走，可是他沮丧极了，似乎这一批货里他也有相当的股份。我因为车上的罩棚没扣好，恐怕行李遗失，站在车旁边帮助司机扣罩棚，那辆稽查车竟自没看见车旁边站着人，猛然间从对面开过来，一下子就把我撞倒了！当时，我右额上皮破血流，右肩头和右膝都很疼痛，衣服也撕烂了。幸而是竖着躺下的，假如横着倒下，那便会受了腰斩的惨刑！在刚一撞倒的那一刹那，我心里很清明，我惦记我那十八个单位的语言纪录，我可惜我两个月来昼夜不息的辛勤，尤其怕二十年来的学养就这么糊里糊涂的断送在鲁莽的司机的手里！况且四月一日是万愚节，即便昆明或大理的朋友接到我的凶信，还许当作闹着玩儿呢！及至同车的一个广东小孩把我扶到车上去，扎住伤口，宁神休息了好久，我知道不会死了，可是又担心有血毒或破伤风的危险。下午三点到了禄丰，赶紧到卫生站去检查。站上的一位周大夫，是上海医学院出身，曾经在呈贡见过。据他说伤势不大严重，他替我仔细的消过毒，让我安心了许多。过禄丰后，车开的很快，六点十分就赶到昆明西郊的黑林铺。因为汽车不进城，我便换了一辆马车，拉着行李慢慢的走，回到青园还不到七点钟。

将养了两个多礼拜，伤势渐渐平复了。到现在，只是右肩胛骨有一小部分稍微突出，右额上也残余着一个小疤。没想到在四十岁以后竟自留下这么一点儿小小的创痕！恐怕遇到阴天下雨，它还会不时的犯疼呢！

三十一年五月四日补记于昆明青园

# 清碧溪记游

罗常培

清碧溪，位于苍山的圣应峰和马龙峰之间，是苍山最美丽的一溪。作者看着这清碧溪水流向洱海，看着满天星斗光芒熠熠，再多的词语也无法说出口，只能省略，只愿留存一个隽永的想象。

去年春天我将要离开大理的时候，诚伯坚留我同游清碧溪。他说："到大理而不登洗马塘，临清碧溪，探波罗崖，未免辜负了苍洱胜境！三月杪春寒未杀！雪风时起，纵登洗马塘也见不到杜鹃遍山的奇景，畏难而止，犹有可说。但是无论如何必须玩过清碧溪和波罗崖才算不枉此行。"说罢，便长吟他和志希酬唱的诗，又朗诵他所作《约友人游清碧溪书》里的警句："郡西有清碧溪，颇可游。溪上下两叠，为潭者三。夏涨为溪，秋竭为潭，水色晶莹，直视见底。两岸飞崖无数，上与天接。高峰绿树，倒植横生。山寒不鸟，水冷无鱼。呼喧不至，静如太古。理柱调弦，引吭便歌，峰青曲罢，相对寂然。视舆佳丽，负姣童，挟弓佩弹，围绕驺从者，又如何乎？"豪兴四溢，旁若无人。当时我虽心焉向往，终以校电促归，有愿未偿！

今年 2 月初，我应印老（李根源）和荫国之约重到大理讲学，总算跟苍山洱海有缘，居然有再度登临的机会。那么，这次游览第一不能忘怀的当然就是清碧溪。

2月4日，恰值夏历壬午岁除，中午诚伯在他的官邸欢宴讲学同人。看见诚伯，看见这古老的杜文秀府，越发引起去年未阑的游兴来。没等终席，便约光旦、春台同游。出赵邸，坐小汽车到七里桥圣麓公园，改乘仲箎给我们预备的滑竿朝着马龙峰的方向西进。约三四里，见流水穿石滩间，那便是清碧溪下游了。涉滩，缘溪北行，再里许，马龙、圣应两峰的余脉形成了巉峻对峙的山峡，骈突如门，上耸下削，溪水就从这里破门而出。从此以内，崖夹于上，溪嵌于下，石皴如画，流水成音，崖际的杂树遮翳住已向西转的日光，格外透出深窅清幽的情韵。进峡后，靠着马龙峰这一边走，逼仄的小径盘纡在崖端，越往里越曲折，而层峦叠翠也越显着奇秀，又一里许，崖端径断，滑竿不能前进，乃溯溪行乱滩中，屡涉其南北。这时我和春台已然有点儿勉强支持，但是光旦贾其余勇，叫一个滑竿夫搀着，仍然高高兴兴地向前跋涉。大家正在腿酸汗流的当儿，偶一抬头，突然看见西面两峰耸矗，中劈仅如一线，另外一个高峰掩映在这劈开的小门后面，积雪中垂，如匹练界青山，五彩的望夫云从峰际流出来，烘托得苍松黛峦分外显着奇丽！这时我已神凝形释，俨然陶镕在大自然的炉冶中，刚才那一点疲乏，早不知什么时候从峰巅云际飞过点苍山，抛到漾濞江心去了。

清碧溪的源头就在双峰底下，水从源出，先汇为上中下三潭，然后下流成溪，曲折以趋洱海。峰麓有一片广坪，坪际崖穴间数有炊爨痕迹。不肯攀峻涉险的游人们，往往在此止息，置酒雅集，只能坐览峰色水声之胜，而不能亲赏潭影波光的幽异，虽说兴尽而止，终不免辜负了溪山。我虽孱弱，岂肯与若辈为伍？于是，披榛除莽，更向前行。自坪西下复与涧遇，涧源有一泓清水，澄冽莹澈，细石布底，累累可数，拿它的部位推度，这或者就是所谓下潭？

从此穿行丛莽间，沿南峰西进，约半里许，仰见右崖凿“禹穴”二大字，相传是明太守杨邛崃所刻。再前即直逼夹门下，水从门中突崖下坠，高约丈余，宛如倒挂珠帘，和后峰积雪争洁比白。这条白练倾泻而下，蓄为澄潭，广两丈余，水作纯绿色，深不可测，这大概就是所谓中潭。对岸北峰的旁边有一斜阪，高约丈余，逼仄无级可登，冰雪未消，滑腻不可着足。但由它登崖，便可望见上潭。春台抖擞精神，踏两潭间的溪中乱石，爬上对岸的斜阪，猿行而上，蛇退而下。据他告诉我和光旦说：“上潭就在中潭的崖上，稍偏北一点儿，形状像一个钵盂，水色益较深碧。盂满水溢，便从崖缘流下来注入中潭。崖端阪上积雪极滑，稍一失足，就有坠崖的危险。但盂边有冰柱倒垂，好像石钟乳一样，颇为美观，能见此奇，总算没有枉冒这一番危险。”在我们这次旅行的全程中，这一举可算是春台顶勇敢的表演，事后追想，我还佩服不置！

听罢春台的描写，我和光旦面面相觑的默然许久。起初光旦颇想手足并用地尝试一下，从者侯君遵荫国、仲笣的嘱咐极力劝阻，他也只得罢了。但他还怕我受他牵累不能尽兴，劝我还得努力攀登上潭。其实我呢？想起李中溪所说：“水出山石间，涌沸为潭，深丈许，明莹不可藏针。小石布底，累累如卵如珠，青绿白黑，丽于宝玉，错如霞绮。上有坠叶，鸟随衔去”，“下潭水光深青色，中潭鸦碧色，上潭鹦绿色。水石相因，水光愈浮，石色愈丽”。杨升庵所说：“垒崿承流，水色莹澈。其中石子嶙嶙，青碧璀璨，丽如宝玉。”还有徐霞客所说：“再逾西崖，下觑其内有潭，方广各二丈余。其色纯绿，漾光浮黛，照耀崖谷。午日射其中，金碧交荡，光怪得未曾有。……踞石坐潭上，不特影空人心，觉一毫一孔无不莹澈”，心里未尝不跃跃欲试地想身临其境，一探究竟。继而一转念，想起霞客当年“蹑峰槽与水争道，为石滑足，与水俱下，倾注潭中，水及其项”的险状，不觉不寒而栗，惴惴而止。况且“青碧璀璨，丽如宝玉”，“漾光浮黛……金碧交荡”，“水光愈浮，石色愈丽”等景象，主要的条件必得有“午日射其中”，才能显现出来。即使像光旦所设想的“峰头彩云为此间常事。云影在潭，则潭水与水底石丸皆呈缤纷与骀荡之象，余等虽未见云影，已见射影之云，而所见独多，且于此得悟潭中水光石色所由幻化之理，亦慰情胜无矣”，那也得在烈日当头的时候去临瞰才有法子证实。我们到中潭太阳已经隐匿到岭的西边去了，即使冒险爬到上潭，暮色已快笼罩下来，哪里还看得见水色的幻化？更哪里窥得到水底诸色斑斓的石丸？不如适可而止，反倒永远留存一个有余不尽的想像——大凡想像中的境界总比现实的美丽得多！光旦又告诉我：庐山的三叠水和南岳的水帘洞也是跟这里差不多的玩艺（意）儿。那两个地方我都没到过，惟其没到过，也许比到过更美一些？

兴尽缘溪下山，到七里桥已然星斗满天了。

归来重检《徐霞客游记》，颇疑我们所看到的中潭、下潭，乃至于春台登临的上潭，并不能叫做第一潭、第二潭、第三潭。因为《游记》中在霞客落水曝衣后明明说：

披衣复登崖端，从其上复西逼峡门。……余欲从其内再穷门内二潭，以登悬雪之峰。……遂转北崖中垂处西向直上。一里，得东来之道，自高穹之坪来，遵之曲折西上，甚峻。一里余，逾峡门北顶，复平行而西半里，其内两崖石壁复高骈夹起。门内上流之涧仍下嵌深底。路旁北崖，削壁无痕，不能前度。乃以石条缘崖架空，度为栈道者四五丈，是名阳桥，亦名仙桥。桥之下正门内第二潭所汇，为石所亏蔽不及见。度桥北，有叠石贴壁间。稍北叠石复北断，乃趁其级南坠涧底。底有小水，蛇行块石间，乃西自第一潭注第二潭者。时第二潭已过而不知。只望涧中西去，两崖又骈对如门，门下又两巨石夹峙，上有石平覆如屋而塞其后。覆屋之下，又水潴其中，亦澄碧渊渟，而大不及外潭之半。其后塞壁之上，水从上涧垂下，其声潺潺不绝，而前从块石间东注二潭矣。

他从此历涧中石块西上，更从北崖转陟密箐中，路断无痕，再去巾解服，攀竹为絙，最后因为壑底之涧又环转而北，跟垂雪后峰，界为两重，终于爬不上去，他才想转回来：

时已下午，腹馁甚，乃亟下。……遂从旧道五里过第一潭。随水而前，观第二潭。其潭当夹门逼束之内。左崖即阳桥高横于上。

乃从潭左攀磴隙，上阳桥逾东岭而下。四里，至高穹之坪，望西涧之潭已无人迹。亟东下沿溪出。

从这两段看来，可知霞客所谓第一潭、第二潭是指着峡门里面的说，和我们所见到的上、中、下三潭有分别。照他所说那样险仄，即使我们到中潭时天光还早，恐怕也没有那么矫健的脚力去探胜寻幽了。叔伟（曾昭抡）的兴趣、胆气、脚力比我都强，不知他的游记里提到这两个潭没有？

归结我对于这峡内的二潭，也正像洗马塘和波罗崖一样，愿意常常留存一个隽永、美妙、余味无穷的想象！

1943 年 5 月 15 日深夜 4 时追记

# 鸡足巡礼

罗常培

对于游记的撰写，作者曾说他是不擅长的，但此篇却十分的洒脱清爽。文中不仅有他一贯的历史考据，也不乏生动的情趣文字。他善于客观地讲述事实，让人沉醉于他广阔的知识面里。

## 一 不肯低头便挂冠

壬午的元旦，一个人在点苍山麓的凄风苦雨里度过了，谁料到癸未的元旦我又睡在洱海边上才村的渔船里？然而，鸡足巡礼的愿却终于达到了。

一觉醒来，已经是第二天早晨，人还没起身，船已启碇好久，顺风扬帆，不到两个钟头就拢了挖色镇。从挖色朝鸡足，有两条路可达：前山路远而好走，百多里地须走两天；后山路近而荒僻，约七十余里，午前动身，当晚就可赶到金顶。我们仗着人多势众，决定取道后山。

上午 11 点钟离挖色，经过官邑村、小长曲、大长曲，再翻过玉亮山，便到了一片积雪的鸡足后山。昨晚在船上刚同小弟弟学会了执缰控送的姿势，今天居然也骑在一匹高大的古宗马上，随众跑了三四十里，并且翻了一道高岭，虽然戒慎恐惧地正襟危坐，透着有点儿紧张，毕竟很侥幸地还没翻鞍落马。

可是，一到后山，那种正襟危坐的姿势就不适用了。一片洁白耀眼的琼崖玉谷，晃得人闪烁迷离；冰雪铺成的石径，滑得马蹄三步一蹶；遍山丛生着蔷薇、杜鹃，青枫（冈）的枯枝，杈桠窝刺，也并不因为这批游客而自甘躲避。这在常骑马的人们只要抱住马头，信马由缰地往前走，什么问题都不会发生的。我呢？因为不懂这个诀窍，顾到下头就顾不了上头，权衡轻重，只要不掉下马，滚到山涧里去，纵然上面挂得头破血出，帽飞衣烂，也没功夫管那么许多了。就这样不肯低头地昂踞马上，果然那些交互纷歧的乱枝不容我强项不屈，竟自毫不容情地把我那顶旧帽子挂掉了三次，并且额角手背也都蹭有微伤。最后，左眼突然像被云雾蒙蔽起来一般，感觉一阵模糊，急忙用手一摸，原来一片眼镜不知被树枝弹到哪里去了！可怜它伴着我二十多年，不料在万里以外葬送在冰天雪地里，那样薄脆的东西岂能像迦叶所守的那件金缕衣一般的点缀名山呢？

峰回路转，居然看见金顶上的华严塔了。催马赶到桃花箐，先到的同伴们已经在茶棚里煮好咸菜饵饫汤在等着。大家看见我那半副丧偶的眼镜都笑不可抑。可是眼镜虽然丢了，“不肯低头便挂冠”的滋味也尝着了，总算比教我骑术的小弟弟还强，的确连一次马都没落过。谓余不信，山灵其共鉴之！

夜幕渐渐笼罩下来，夔公（潘光旦）还杳无消息，再等下去大家都要摸不着路了，于是偏劳一位更年轻的小弟弟在茶棚里同两个弟兄守候着，我们便打马上山。一颗晶莹的亮星斜挂在眉月上向我们眨眼欢送，落日的余晖烘托得晚霞泛出几种调谐的色彩来，也似乎献给游子流连，但刚刚转过两个山头，前途已经黯沉沉的，除去白雪的反照，全山几乎一片昏黑。

马行生路，趑趄不前，这时我也不敢骑在马上逞英雄了。起初还牵着马走，偏偏那刚刚丧偶的独光眼镜不肯帮忙，在雪埋冰封的山上懵懵懂懂的，深一脚浅一脚的，简直辨不出哪里是悬崖，哪里是深壑，哪里是平路，哪里是山坡，稍一失足，就会抱恨千古！幸亏小弟弟连搀带拉地扶着我，才不至于舍身崖际，伴佛长眠！这时的两手除去帮助支持自己，哪里还有牵马的空儿？因为这么一蹭蹬，便和前面的同伴失掉联系，暗中摸索，越发迷失了登山的正途。陈完后人走过夷方，曾经有过迷路的经验，一路上“哈……呜……哈……呜……”地喊着，虽然博得前进者的应声，依然辨不清登山的方向。好容易转了几个弯，蓦地看见石壁上像有字迹。小弟弟划根火柴一照，原来已到“曹溪一滴”。这时上面的接应也到了，几个人鼓勇续登，没多久，隐隐约约地已然望见华严塔。在桃花箐时，本来想在迦叶殿过夜的，谁想误投误撞地会爬到金顶呢？可是，假使有人问我：“从桃花箐到金顶的风景怎样？”我的感觉是昏暗、紧张、恐怖、险阻，除此以外，一概茫然！

山顶风大得很，熊熊炭火，不解严寒，盼夔公不至，盼行李不来，虽然个个困眼蒙眬，却有谁酣然熟睡？这一宵便在焦急、盼望、寒冷、疲倦、寂寞里度过了。

1942年2月6日，癸未正月初二日

## 二　走马下山兴未阑

鸡足山的得名，由于全山形势好像一个前纾三距后申一趾的鸡脚。昨晚在昏冥中爬上金顶，连方向还辨不清，哪里顾得到全山形胜？清晨绝早起来，披上查阜西（查夷平）兄惠借的皮外氅，冒着刺面的寒风，爬上了华严塔的第三级。凭高俯瞰，所谓“趾”“距”所在，也仿佛得之。然而，我最注意的还是“峰顶四观”。

所谓四观是日观、云观、海观、雪观。日观是东望日出，和泰山日观峰的意思相同；云观是南望祥云县的彩云；海观是西望苍山洱海；雪观是北望丽江县的玉龙雪山。为争取时间，第一当然先看日出，可惜雾气太重，朝霞黯然，不免失望，比起在崂山、黄山、南岳、峨眉所经历来的殊为减色！再转到北边看雪山，远远地倒似乎有两个白堆，恐怕新丧偶的眼镜欺哄我，赶紧再用望远镜看，仿佛稍微清楚一点儿，但也不觉得怎样奇丽。明人王士性的《游鸡足山记》说：“入庙西北指则云间见丽江雪山。余从峨眉望大雪山，在印度万余里，然旭日刺雪，光犹仿佛上余衣袂。此去丽水不千里，乃黯然无色。或云此白石堆成，意近之。”可惜我在峨眉绝顶望贡嘎雪山时，恰好赶上日光不足，和此无从比较。至于士性所说“在印度万余里”和“或云此白石堆成”云云固然荒唐，可是“此去丽水不千里，乃黯然无色”的印象，却和我当时的感觉相同。至于西望洱海远不及在苍山中和峰上所见的清晰，南望彩云尤其是可遇而不可求的机会，若云奇观，则愧无眼福！

除去峰顶四观，我还想会会大错和尚所称赏的“鸡足四友”。四友者华首门为奇友，玉龙瀑为清友，传衣寺古松为老友，华藏洞为奥友。耗到10点左右，夔公欢欢喜喜地步行到顶，大家不禁欢呼起来。他眉飞色舞地谈露宿“打火”的奇遇，餐风吞雪的清福，滑竿伕积瘾过深的老态，清晨独赏我们在昏冥中茫无所见的后山奥景，一宿所得竟自兼备奇、清、老、奥四绝，那么，偕此友而同访四友，岂不更增游兴？可惜老友、奥友非我们游踪所及，清友被导者所误，当面错过，幸而和奇友有缘，还算勉强瞻仰到它的丰采。

华首门在铜佛殿西太子阁后，悬崖飞矗二十余丈，上如穷阙环覆，中如双扉紧掩，下则户阈宛然。相传这里就是迦叶守衣入定的地方。它的上面是绝顶观海门下的危崖，崇崇隆隆莫见其巅；下面是舍身岩侧的百仞深壑，窅窅冥冥莫究其底。站在这里俯仰瞻眺，雄奇渊奥的感觉同时并起。凝神默化，又好像置身在一幅万仞苍崖图中，恍恍惚惚地连自己究竟在哪里都似乎辨别不出来！钱邦芑拿它当做奇友，可谓善于品题了。举一反三，那么，老、清、奥三友一定也该名副其实，虽然没缘面晤，想来大错和尚还不至于欺哄咱们。

在鸡足山的鼎盛时代，据说全山共有三百六十几座庙宇，现在所剩的大小不过二十四座，其中要算石钟、大觉、祝圣、寂光、悉檀、传衣、华严七个寺比较大。我们从金顶下来，沿途看见观音阁、大悲阁、铜佛殿、太子阁、迦叶殿几座，都没什么可称述的。从慧灯庵以下走马看山，越发没有从容礼佛的机会了。就我们所看到的说，大觉、石钟、祝圣、悉檀四个庙的模范毕竟宏大。

大觉寺，明万历间无心禅师奉密旨把华严寺的藏经搬到这个庙里来，但现在的庙宇却是新翻修的。门前有桫椤两株，左边的六丈多高，右边一株稍小。中间还有一棵很大的黄桷树。附近有万寿寺、兴元寺、大智庵三个小庙。玉龙瀑便在大觉寺后面一里多地的寂光寺，听怀空说，那里还有元朝的公主坟，可惜导游者地理不熟，竟自让我们把这个清友交臂失之！

石钟寺，相传因为从楼下掘出一块钟形的石头得名；也有人说，当初建寺的时候，侧崖有石，风吹如钟声：这都是姑妄言之的传说，找不到什么凭据。庙宇也是最近翻修的，现在还没竣工。山门后有小西天，塑工尚不恶。韦驮殿上有1913年中山先生所书“坛云性海”的匾，这在佛寺中颇少见。山门前也有桫椤三株，比大觉寺的还要大些。住持亚琋，云南盐兴人，据云治法相宗，但谈话未涉教理。庙里藏有担当、大错、许鸿和临济宗第七十一代中峰和尚的墨迹。许鸿的名字有三分之二和徐宏祖的声音近似，难怪口耳相传，竟会被人误认做徐霞客了。

祝圣寺在钵盂峰下，众峰环拱，形势极佳。从前本来是钵盂庵的遗址，民国初年，当代禅宗大师虚云和尚才创建了这个庙。住持怀空字满照，虚云弟子，盐城人，俗姓李。他的伯父李鹤宁，字湘谷，是咸丰时候的进士。庙里的龙藏阁有龙藏一部，频伽精舍藏一部。阁下悬有李霞所绘罗汉数幅，神采奕奕，颇为生动，但怀空不肯轻易示人的“镇山之宝”却是清乾隆间屈尔泰所画的墨龙。全幅宽约八尺，长亦如之，头部昂举，右爪前攫，姿态极为雄健，其余半匿云中，若隐若现，惟其见首不见尾，才格外蕴蓄着神奇莫测的韵味。据画上赵藩的题跋，尔泰是提督董芳的幕府，死后葬在丽江。从龙藏阁东边的静室遥望对面的塔盘院，林木深秀中，白塔巍然高峙。彼此映照起来，越发显得祝圣寺占取了很好的形势。

在祝圣寺住了一宿，第二天早晨步行到观瀑亭去看响鼓坡下的瀑布。

可惜天干水少，瀑布很微，涓涓细流，无可欣赏。对面的牟尼庵里有三会柏一株，系由刺柏、扁柏、圆柏三种合成，这倒可以供给研究植物合种的人们采做标本。由牟尼庵曲折东行约二里许，就到了悉檀寺。

悉檀寺是鸡足山最东的丛林，后倚九重崖，前临黑龙潭，是明朝万历间古德本无创建的。丽江木土司世为护法檀越，现在寺里的和尚大部分还是丽江人，所以在客堂待茶的时候，我们能够尝到富有丽江土风的油炸糯米粑粑和胡麻酥油茶。寺内有大佛一尊，是从西藏运来的，弥勒殿前的横匾也是藏文，古宗的气味虽重，但门前又有万历己未年“悉檀禅寺”的匾，因为没有跟和尚详谈，还不敢断定现在的宗派是显是密。最早的碑文有万历四十八年（1620）谢肇淛所撰和天启间蔡毅中所撰。几个庙比较起来，悉檀寺的世家气派比较重一点儿，连和尚都不大有暴发的味道。庙里藏有《木氏宦谱》和图像，谱前有嘉靖二十四年（1545）杨升庵所作序文，我另外有一篇文章专论它，这里不再多赘。

从悉檀寺东南行约三里许，登一小坡就到了尊胜塔院。尊胜塔院俗称塔盘寺，寺后有一个印度式的白塔，跟北平白塔寺和北海里的样式完全相似。黄克强夫人拟在这里办一个保育院，现在虽然添盖了许多平房，但还没有开始收容儿童。

站在塔盘寺前面，隔着一道深谷向北远眺，可以综览金顶天柱峰以下的全景，恰好像峨眉慧灯庵的地势一样。我们这次随着一大帮游侣匆匆地走马下山，既没经历猢狲梯的险仄，也没流连罗汉壁的奇峻，至于袈裟石、虎跳涧、八功德水等古迹，更是白白放过，丝毫没能徘徊凭吊！在快要离开这座名山以前，幸亏能在塔盘寺前有这一会儿流连，我才领会到崖壁插天盘云、松杉森蔚郁翳的鸡足山何以在四周许多童冈荒阜中秀出众表！可惜夔公不良于行，小弟弟懒病复发，他们都在悉檀寺里休息，竟自牺牲了这一幕胜景。夔公动不动就夸耀他喝过曹溪一滴水，在光天化日之下看见过后山，得此抵制，我也有反攻的武器了。至于小弟弟那篇笔姿生动、想像丰富的《朝山记》，只欠在塔盘寺前多挹取一些灵感，也未尝不是遗憾！

1943 年 2 月 7 日至 8 日

## 三　人莫踬于山而踬于垤

离开石钟寺差不多将近 3 点钟，骑马下山，时常戒慎恐惧地顾到前踹后仰的姿势，并没有多少优游的余裕来欣赏山水。有时走在平坦的路上，偶一回顾，那巍峨的苍崖翠嶂上，一塔危耸，越往下走越显出它的雄秀来，这时对于鸡足不禁有点儿恋恋不舍的情绪。前年游峨眉，我深悔没有取道后山，先欣赏它的清幽，再由前山下来领略它的雄秀。可是，这次游鸡足，却恰好有相反的感觉，因为鸡足的好处只有从前山进来才可以领略到的。假使把我的归程改作进路的话，那么，一过“灵山一会”牌坊便时时有高山仰止的向往心，对于这当前的胜景，迎头瞻仰总比回首顾盼好得多。至于后山呢？那七十里路只碰见三个人的冷僻，姑且不必管它；单就地形而论，快到桃花箐才峰回路转地望见金顶，一看它的高度并不比自已所在地崇巍许多，那景仰心不由得就减低了大半。再说，遍山积雪，举目都是肃杀衰飒的气象，哪里有前山那一片苍翠的秀色可以涤荡人的胸襟？假如我再度登临，我一定由前山上去，然后找一条不重复的路仍旧由前山下来。这完全从欣赏自然的方便着想，后山的路纵然当年徐霞客两次都没走着，我也不能因为好奇而称赞它比前山好。

这一天我骑的还是那匹古宗马，下山时特别小心，一路上倒还平稳。到了沙子街，赶上香市旺盛，人很拥挤，我渐渐就有点儿控制不住了。过“灵山一会”牌坊时，本应该绕亭子下边走，但是，这匹马既然总想尾随着那匹领队的英国白马走，我又不能得心应手地把皮缰拉转到该走的方向，只好听天由命地任它性儿往前闯。同伙的十几匹都绕道儿走平地了，单单这两匹马偏要从四五尺高没有台阶的亭座上一跃而下。这一来连白马的辄头都扯断了，而我却仍旧骑在古宗马上安然无恙，同伴们对我这种奇迹怎能不交口夸奖呢？哪知赞声未绝，这一帮马忽然随着领队的白马成群搭伙地跑起来，我骑在马上就像狂风吹弱柳般的东摆西摇，跑出去还不到两箭远，身不由己地便从马后面甩下来！幸而皮短衣里还衬着很厚的毛衫，两脚褪镫以后赶紧拿肉粗衣厚的地方着地，好像戏台上武花脸穿着胖袄摔“踝子”似的，跌得响声虽大，皮肉却毫无伤损。

经过这番波折，“陈完后人”忙把他骑的那匹“老爷马”换给我。这匹马保重极了，走三步歇一歇，打两鞭子跳一跳，犯起性来还有时停住不走，因此走出不远就离群落伍，踽踽独行了。当天晚上我们原定在炼洞镇过夜的，从沙子街到炼洞大约有三十五里，若像这样磨蹭，岂不又得一个人摸黑儿？可是，心里越起急，越觉着马走得慢，任凭你鞭打腿夹，它还是丝毫无所动于中地慢慢儿走着。正在束手无策的时候，忽然经过一个小水沟，一下子精神没贯注到，没把皮缰带顺，马的前腿陷在泥塘里，我便整个又从马头上栽下来！这一回是先拿右肩头着地，好像杨延辉过关探母时摔的那个“抢背’似的。不过，戏台上是铺着绒毡的，尽管作一次这样的“身段”，衣服上也许粘不着一点儿尘土。烂泥的功用固然和运动场里的沙土相同，但它对于衣服却没有绒毡那样客气。所以当我从泥塘里爬起来的时候，毫没感到伤筋动骨、皮破血出的苦痛，只是右半身“胡为乎泥中”的狼狈现象，是无论如何也掩饰不住的。

走了不远，赶上了骑术比我仅胜一筹的“陈完后人”和“绍兴老倌”。他们看见我这副仪容，一边嘲笑，一边同情，三个人结伙慢慢儿走着，胆子便壮了许多。可是，当我 6 点半蹭到炼洞的时候，连这两位缓进同志都没追得及。他们像先遣部队一般的把我落难的情形报告给主人，俊陶衔命来迎，我才找到了镇公所。

当晚我在宿舍的烛光底下一边洗涤衣服上的污泥，一边想起《淮南子•人间训》所引的尧戒来：

战战栗栗，日谨一日！人莫踬于山而踬于垤！

这次破天荒骑了二百多里地的马，只在平地上栽了两个筋斗，格外觉着古人这两句话值得回味。

1943 年 2 月 8 日

# 四 记宾居大王庙

到宾居，红日已快衔山了。

那一天早晨骑着一匹牵着不走、打着倒退的瘦马跟在“绍兴老倌”后面走。老倌自从脸上挂彩以后，鼻头虽然肿大，胆子可格外小了。假使他骑在马上不动，那巴黎绅士式的小胡髭，映衬着方方的大脸，青青的两腮，剪裁合度的深藏青色外氅很飘洒地披拂在马背上，从后边一望，谁不觉得有点儿唐·吉诃德的神秘？可是，马刚一迈步，他那两只手立刻作一个凤凰展翅式把马鞍的前后紧紧地抓牢，每逢上下坡，更加惴惴焉有临深履薄的恐惧。抓得越紧，马尾巴掀得越疼，起先它还如怒如诉地嘘咧咧哀鸣，后来索性尥着蹶子转弯儿，无论如何不肯往前进。直到毫没办法的当儿，他只得下马步行，让马在后头跟着。像我这样一个不懂骑术的人，骑着那么一匹瘦马，跟在这样一个前驱者的后头，难怪离开炼洞还不到一里，我们早就落伍了。

这样一直磨蹭到晌午才到了牛井街，大队已经过去好久了。替老倌雇到一乘滑竿，因为自己没铺垫，他也只好委身于白虱蠕蠕然的伕子被褥里，我换乘那匹尥蹶子的马跟着三个四川小马伕走，那马居然变得很驯顺，在平坦的公路上有时还能跑两下。下午 2 点 40 分赶到宾川城，并没比滑竿迟到一步。

在宾川会上大队，我仍然骑着那匹不愿意驮“绍兴老倌”的马，随着几位能征惯战、驰骋自如的朋友走。这匹马随上群以后，颇想显两手儿给我瞧。

它总想和那匹领队的英国白马并驾齐驱。及至抢到前头，它又故意放缓了脚步，等到落后两三丈远，然后再一口气疾驰上前。一路上总是这样乍前乍后、忽疾忽徐地随着大队走，好像表示它的脚力绰绰有余，尽管让别的马暂时抢一下先，只要它一努劲儿就没有赶不上的。果然，后来那匹白马撒腿一跑，它也施展出蕴蓄着的能力，四蹄翻飞地赶上前去。这么一来不要紧，只吓得我紧勒皮缰，夹住两腿，目不斜视，两耳生风，若飘浮云中，若随惊涛漩涌，不知是真是幻是我非我，两三里地的工夫，虽然显得臀部作疼，幸而还没再堕马。昨天从鸡山到炼洞途中，表演一次“踝子”、一次“抢背”的羞惭，纵然还没掬得西江之水，似乎多少也洗刷下去一点儿了。

趁着领队者下马打猎的当儿，我却等到夔公领导的一批缓进派。毕竟研究过社会学再读十三经诸子百家（爱丽丝的名著还没算在里头）的人，修养胜我许多，见面后，他虽然对我伸一伸大拇指紧接着却提出“知足不辱，知止不殆”的意思，劝我加入他们一帮。也就因为我接受他的善言，到宾居以前才保持住没再堕马的令名。

找到寓所以后，真是人困马乏，不想动弹。可是，一听说镇西一里许有一座大王庙，是当地的名胜，不由得又兴奋起来了。恰好王三公子和“一代完人”扛着猎枪要到大王海子的边上去打野鸭，“陈完后人”也愿意陪着我去，于是我们便在一群本地小孩子前呼后拥之下，鼓起余勇去逛庙。路上却在想：“宾居大王”“宾居大王”……为什么那样似曾相识的耳熟？在哪里听见过他的故事？看见过关于他的记载？……正在想着，突然两个顽童逞能地说：

“你知道大王姓什么吗？”

“我怎么不知道！姓张，有什么希（稀）罕！”

呕！想起来了。两年前我看一本叫做《白国因由》的小书，是讲大理开辟的神话和传说的。那本书里说：大王名叫张敬，是阿育王后人张仁果的裔孙。隋末唐初做大理暴主罗刹的“希老”，曾助观音大士降服罗刹，以除民害。后来因为天命归细奴罗，观音乃授意张乐进求把大理的土地人民交细奴罗掌管，这就是南诏的始祖蒙奇王。传到舜化真共13代，凡337年。观音又因为张敬有帮助伏罗刹的功劳，乃封他为宾居大王。分点苍山中峰桃溪水一派，自洱河东山涌出宾居地界，灌溉一方，着彼处人民一年供奉牺牲360副。又赐庙前金井玉栏杆，并与敬香附子一种，以消宿食。所以他虽僻处宾居享受却不亚于蒙奇王，也就欣然接受了。这段故事当年本来很熟悉的，怎么事隔两年就会渺茫起来了？

既然引起这段回忆，更渴望着瞻仰这位大王的丰采了。走过大王海子，暮色已然笼罩下来，顺着海子的西堤走进庙门借着落日的余晖，影影绰绰地看见迎面的石牌坊上刻有“仁慈庙”的立额和“仁风慈雨”之类的许多横匾。正殿中间有一位王者衣冠的神道，长须秉笏，身高丈余，虽然也还慈祥庄严，但在昏暗光线底下，不由人起了一种恐怖的感觉！神座下，供桌上，摆着不少小型的大王像，这大概是本地农民供养的。再看见殿前那些“泽沾广被”“永镇山川”“太和元气”“神威远庇”等横匾，似乎当地生长在农业社会的老百姓竟把这位仁慈大王当做龙王看待了，照规从“仁慈”两个字上着想，我觉得还和《白国因由》里的传说有关。他为大理人民的福利牺牲了罗刹，为尊重天命所属听凭张乐进求把王位让给细奴罗；宁可把眷恋故主的悲哀深埋在心底，大理人民却得救了；为而不有，利万物而不争，自己情愿僻处宾居，却成全了蒙氏13代337年的南诏国。若不是赋性仁慈，岂肯这样豁达大度？假使我是大理或宾居人，我也愿意馨香俎豆地崇祀这位仁慈大王！

从正殿往东走，两股泉水，流成清冽的池塘，曲桥迂回，有亭半圮。旁有三间配殿，中间塑着一位女神，两个侍者。左边的三尊像都赤裸裸地围着树叶，好像传说中的三皇。右边的两尊像，一个虎头，一个多臂，貌颇狰狞。这些究竟是什么神道，也无暇去考证，但在庙门前的一个碑上模模糊糊看见有“灵泽园三教堂”的字样，大概就是这里了？

关于大王海子另外还有一段传说。相传从前洱海上有一个渔夫，一天他看见海东的山脚下有一个窟窿，海水不断地向里面流。他异想天开地在猜：“海水会不会从这个窟窿流到隔山的宾居地界呢？”于是好奇心鼓励他拿一片破渔网拴着一段木头做标识塞进窟窿里。过两天他假装到宾居的大王海子去打鱼，果然看见那段拴着破渔网的木头在水面飘浮着。他发现这桩秘密后，赶快回来用一口大铁锅把那个窟窿堵起来。没几天，大王海子里的水就干了。于是宾居的人心慌慌，旱象已成。那个渔夫便跑了来，假装会求龙王发水，但须祈祷祭祀的银子若干两。银子收足了，他就跑回去把铁锅一揭，海子里的水立刻就涨满了。这样不止一次，宾居的老百姓虽然觉得他的神通广大，可是疑心也一次比一次地增加。最后一次，当他回去的时候，便派了几个人暗中尾随着。果然，他们发现他又去揭铁锅，这才恍然大悟他一向玩的是什么把戏！一赌气子把他往窟窿里一塞，从此这个黑心的渔夫才永远不会再做这样损人利己的勾当了。

这个传说又是从《白国因由》演变来的。拿黑心渔夫和仁慈大王对照岂不更显着相映成趣吗？

1943年2月9日

## 五　从乌龙坝到倒挂水

到宾居的那晚，有两位识途的人都说，第二天要翻乌龙坝，下倒挂水，山路崎岖，乱石坑坎，没有骑马经验的人恐怕不大好走，于是商量给我们三个骑术欠佳的雇滑竿。在鸡山香火正旺的几天，滑竿是不好找的。我表示如果找不到三乘，应尽先让给夔公和“绍兴老倌”。夔公鉴于后山露宿吞雪的惨剧打定主意不蹈覆辙；老倌却当仁不让，斩钉截铁地表示，就是雇到一乘，他也得坐。

第二天早晨，两乘滑竿雇到了。临出发时，夔公毅然决然地昂坐“老总马”上，老倌也很机警地把两个壮丁抓住，老早盘据（踞）在滑竿上。剩下两个已过兵役年龄、烟容满面的伕子守着一架毫无铺垫的滑竿，等我去坐。我因为预备骑马，行李已交给驮伕，这时难却主人的好意，便借了一身雨衣垫着，勉强随队出发。赶了一里多地才从驮马上撤出一床铺盖来换上。乍在平地上抬着走的时候，也觉得没有骑马那么紧张，心境稍一舒展，哪知走出还不到五里，情形就大变了！两个伕子中比较年轻的一个，脚底下开始像拌蒜般的东摇西晃，脸色惨白，汗珠子像黄豆粒那样大，嘴里呻吟不止，还不停地爹妈乱叫。我坐在上面又是可怜，又是可气，心想今天大概要与夔公同一命运了，我们的生肖既然相同，造物岂肯不一视同仁呢？……正在想着，那个伕子的情形更狼狈了，拿出一个烧好的烟泡子用舌头乱舔，也解救不了他的燃眉之急。后面的老伕子被他拖累得不轻，嘴里也不干不净地骂着。我看他实在支持不住，只得下来步行。这时大队已经走得看不见影儿了。勉强走到白头坡，我恐怕上面的坡更陡，落伍太远，时间晚了诸多不便，赶紧让那个烟鬼跑到前面去喊同伴给我留下一匹马。哪知他有气无力地喊了两声以后，忽然无影无踪地“开小差”了！这一下真坑人不浅！我不单没有马骑，没有杖拄，而且还添了一份行李累赘着，在荒山旷野、不见人烟的地方，叫我怎么办呢？不得已，只好咬定牙关，挺起胸膛，叫老伕子扔下滑竿，背上行李，领着我迈开大步，走上前去。一起头儿，仗着自力更生的精神，脚步也还矫健。不过，毕竟人已经有几十岁年纪了，再加上 75 基罗的体重，越走越觉着有“勇士不能自举其身”的感想。爬上二台坡的时候，汗流浃背，气喘心跳，口渴头昏，差不多也快赶上刚才开小差的那个黑籍伕子了。正在无可如何，幸而挑橘子的担子在眼前休息，赶紧吃了两个橘子，又揣起几个，歇了好一会儿才往前走。翻过梁子上便看见乌龙坝的一片平原，这时天已经正晌午了。平坦的土地上印着许多马蹄痕迹，但同伙却没有留在后面的。在坝子上一家民房里讨了三大碗开水吃，喉咙里润泽了许多，疲劳也稍微恢复了一些。继续在丛莽和泥塘中前进，约摸又走了一个钟头才到了倒挂水。

到倒挂水便开始下坡。不过这七里多的下坡路，却完全是怪石嶙峋、溪涧萦回的泥泞曲径。下来时需要半涉半走，没有手杖颇为吃力。然而在疲惫艰苦之余，还可以振奋起我的游兴来的，就是这里有变幻无方的许多溪水供我流连。几乎每转一个弯儿都有银练珠帘一般的瀑布从陡壁悬崖上垂下来，激在乱石堆上滚起雪白的浪花，然后在涧底莹澈地流着。底下的小石子被阳光从水里折映上来，五色斑斓，光彩夺目，和溪里涵泳自适的小鱼一样的可爱。这比起西湖的九溪十八涧、崂山的北九水、峨眉后山的黑龙江来，格外清幽孤峭。假使我骑在马上战战兢兢，或坐在滑竿上转动不能自如，哪里会有这种从容欣赏、畅饱眼福的机会？所以，无论怎样辛苦，我总算勉勉强强地做了半天的徐霞客！

下完倒挂水，山口外边一片碧绿的凤羽坝子便涌现在眼前。走了五十几里路，历尽险途，到这里才算赶上掉在后方休息的病马，赶紧找了一匹骑上，顿觉精神百倍，舒适异常，再有多“棒”的滑竿伕来引诱，我也不肯上当了。

赶到凤仪县城已近黄昏，同伴都先回下关去了，只留下几个人守着待运的行李。客人中惟我一人落后，不久俊陶便衔命乘吉普车（Jeep）来接。比起同行的几位来，除去没来得及到温泉洗尘，我也一样安安全全地在当晚9点多钟返回大理的敷文书院。

1943年2月10日

# 大理的几种民间传说

罗常培

传说的魅力，或许就是给人们留下了许多想象的空间。关于大理的传说，不研究的人知道的肯定不多。本文中，作者将讲解大理的几种民间传说，从丰富奔放、瑰丽奇诡的传说中，也许你能发掘不一样的大理之美。

## 一 观音降罗刹

相传大理古时候是泽国，洪水一直浸到山腰，人民居住在山上靠着打野兽采果实来过生活。后来黑龙和黄龙打仗，把下关那里打倒了，洪水一下儿落下去，才显出这一片坝子来，在隋末唐初的时候，为罗刹所据。罗刹译言邪龙，性情暴虐，喜欢剜人眼，食人肉，百姓受害，困苦不堪。贞观三年癸丑（？）观音大士从西天来，至苍山五台峰下化做一个老人，到附近村子里探访罗刹和罗刹“希老”张敬的事实。人民一见老人恺悌慈祥的样子都很敬爱他，把罗刹虐害人民的情况从头到尾地诉说了一遍。老人很和蔼地安慰他们，告诉他们罗刹多行不义渐渐要恶贯满盈，大家只要静心期待着，不久就可以过安乐的日子了。

后来观音大士探知罗刹的“希老”张敬是阿育王后代张仁果的苗裔，

为人仁而不智，知道罗刹的暴虐，却没法子规谏他。不过当时同罗刹往来最密的只有张敬一个人，观音打算靠他介绍去接近罗刹，于是就化做一个梵僧住在张敬的家里。过了十几天，由张敬荐他见罗刹，罗刹一见梵僧，心生敬爱，款待甚恭，问他喜欢什么东西。梵僧但求一块安静的地方可以结茅藏修，地方的大小仅够袈裟一展、犬跳四步就行了。罗刹慨然许之。梵僧即请立券，并当众宣誓。一切手续都办妥当，梵僧当将袈裟一铺，覆满苍洱之境，白犬四跳，占尽两关之地。罗刹一见大惊，后悔不迭。这时有五百青兵和天龙八部在云端拥护，大作鉴证，罗刹枉自悔恨，也无可如何，乃善告梵僧曰："我国土人民都属你管了！闹得我们父子连住的地方都没有了，可怎么好呢？"梵僧说："这倒好办。我另有一个天堂胜境可以给大王住。"于是他在上阳溪涧内碌瓮摩出一洞，化为金楼宝殿，白玉为阶，黄金为地，化螺蛳为人眼，化水为酒，化沙为食，美味珍馐，陈设器具，种种具备。罗刹到这里面一看，觉得比旧时的国土还好，居然乐而忘返，并要求梵僧把他的眷属搬来。梵僧等他的眷属搬进去以后，大显神通，用一块大石头塞住洞门，自己化做黄蜂飞出来。又叫铁匠李子行拿铁汁浇它，并且造了一个塔，镇在洞上，叫他父子永远不能出来。现在大理上阳溪苍山山麓的罗刹阁，就是这段传说的遗迹。

观音降罗刹以后，又授记细奴罗为大理国王。时张乐进求为云南诏酋长，具九鼎牺牲，请细奴罗诣铁柱庙祭天卜吉。忽有金谷鸟，一名金汉王，飞在细奴罗右肩，连鸣"天命细奴罗"三次，众皆惊服，细奴罗遂登位，称奇王，遂进贡朝唐，子孙累世封王，传至舜化真共 13 代，凡 237 年。（王崧本《南诏野史》作 247 年，注云："蒙自唐高宗永徽四年癸丑至昭宗天复二年壬戌实 250 年，《滇载记》作 310 年，亦误。"）

这段传说，除去起首的一小节录自当地人的口说外，大部分见于《白国因由》（第一章到第六章）。《白国因由》是清康熙四十五年（1706）丙戌大理圣元寺主持寂裕刊行的，现在书版还存在庙里。据寂裕的跋语，此书盖本于《僰古通》，"逐段缘由原是僰语，但僰字难认，故译僰音为汉语，俾阅者一见了然，虽未见《僰古通》而大概不外于斯"。按，《僰古通》亦称《白古通》或《白古通玄峰年运志》，也有人管它叫做《白古记》或《白史》，杨慎的《滇载记》就是从它删正而成的，李元阳的《云南通志》引它的地方也很多，大概当时确有其书。其中的记载当然不能当做信史，可是从民间传说里却反映出不少历史上的暗示。就拿这段故事来说，咱们一看就知道它神话的意味多，历史的意味少，传说的成分多，事实的成分少。可是假定咱们能够不拘泥字句去活看，便可得到许多有趣味的启示：（一）可以看出大理在佛教史上的地位。大理古称"灵鹫山"，亦名"妙香国"，从这种移山倒海的借名，就可见出这地方接受印度文化之早。说到白国和蒙氏的祖先，也有人推溯到西天摩竭国的阿育王。据《南诏野史》"南诏历代源流"条引《白古记》说：

三皇之后，西天摩竭国阿育王第三子骠苴低（案《白国因由》作次子骠信苴）娶大蒙亏为妻；生低蒙苴（《滇载记》作低牟苴），苴生九子，名九龙（《滇载记》作九隆）氏：五子蒙苴笃，生十二子，七圣五贤蒙氏之祖；八子蒙苴颂，白子国仁果之祖（此据胡蔚本，王崧本作“白崖张乐进求之祖”）。

这里把白子国和蒙氏推溯到同一祖先，固然和《白国因由》不同，可是《白国因由》卷首说到白子国的来源，佛教的色彩更为浓厚。据它说：阿育王听他老师优婆毱多的话，认为白国是释迦如来为法勇菩萨时，观音为常提菩萨时修行的地方，遂封仲子骠信苴于白国，号神明天子，即五百神王。传至十七代孙仁果，汉诸葛亮入滇场，予姓张，至三十六代孙张乐进求朝觐，上封云（云下疑脱南字）镇守将军。我们明白这种崇奉佛教、向望印度的心理，那么，推溯大理的开辟和蒙氏的建国而抬出一位观音大士来是没有什么奇怪的。（二）可以看出古代对于龙的崇拜。在汉族和许多邻近部族的神话里有许多关于龙的传说，最近闻一多先生所讲《伏羲的传说》已经引证了不少，这里不能一一列举。这个故事的开始就说到黑龙和黄龙打仗的话，又所谓罗刹其实就是邪龙，蒙氏建国始祖细奴罗据说也是黄龙之子（详下文）。那么，所谓观音降罗刹的传说，里面隐含着以黑龙或邪龙作图腾的部族和以黄龙作图腾的部族互相争霸的事实。后来黄龙一支战胜了，为安抚黑龙或邪龙的部族才造出这个神话来。所谓金谷鸟连鸣“天命细奴罗”三次也正是蒙氏造出来的“篝火狐鸣”的把戏。在初民社会里要想得到人民的信服，非玩这一套伎俩不可。（三）观音大士的降临大理何以在贞观三年（629）癸丑呢？这是为和蒙奇王细奴罗建国年月衔接的缘故。按，贞观三年的干支应该是己丑，不是癸丑，而在这以后的第一个癸丑恰好是唐高宗永徽四年（653），也就是细奴罗建蒙国受唐封的一年，这在张道宗《记古滇说》和王崧本《南诏野史》都无异词。（惟胡蔚本《南诏野史》谓细奴罗于唐太宗贞观二十三年己酉代张氏立国，自称奇嘉王，建号大蒙国，又称南诏。）造传说的人本来为给蒙氏建国找出一个“天命细奴罗”的根据来，事实的造端原是永徽四年癸丑。要想推得早一点，所以倒溯 24 年假托是贞观三年，可惜无意中把真的干支“癸丑”写出来，不觉得就露出马脚来了！

由这三个观点看，咱们对于故事的发展便可以了解许多。可是清康熙二十九年（1690）黄元治所修《大理府志》卷三十《杂异志》也记载“神制罗刹”的传说道：

> 俗传大理旧为泽国，邪龙居之，是为罗刹，好食人，有老僧自西方来，托言欲求片地藏修。罗刹问所欲，僧曰：“但欲吾袈裟一展，犬一跳之地。”罗刹许诺。僧曰：“合立符券。”遂就水岸上画券石间。于是袈裟一展，犬一跳，已尽其地。罗刹欲背盟，僧以神力制之曰：“别有胜地居汝。”因于苍山上阳溪神化金屋一区，罗刹喜，移其属人焉，而山闭矣。僧乃凿河尾泄水，是为天生桥。至今人以洱水赤文岛为大士地券云。

此段所记和《白国因由》详略不同，黄志纂修的年月比《白国因由》的刊行较早，大概也是从《白古通》一类的书转载下来的。黄氏对于这些“怪诞诡僻之事”，认为“智者守其理，愚者溺所闻。溺而不返，则百端邪说遂乘人心之所溺者，而愈造其理之所必无，君子所以滋惧也”。可是他持之不坚，态度颇为模棱。他在这一段传说的后面自注道：

俗以大士泄水，未有居民，故双鹤引之。然相传大士以唐永徽四年始现身大理，而楪榆县则自汉时已置，若谓至唐始有居民，则蒙氏取河蛮太和城、大厘城，又于何所哉？鹤拓事或在古初，迨邪龙作祟，大士制之，使不敢为民害，则有然耳。

我觉得对于民间传说应该透过它的背后去看，万不可拘执故事的本身去考究先后，争论信否。像黄氏这种疑信参半、两面都不彻底的态度，是不足为训的。

## 二　南诏始祖的感生说

在帝政时代，一般老百姓觉得皇帝是至高无上、神圣不可侵犯的。皇帝本身，尤其是开国皇帝，也总想把自己烘托得不是“常”人，甚至于不是“人”，才觉得可以高居人上，于是就发生了历史上的“感生”说。咱们只要一翻开每个朝代的“太祖高皇帝”本纪大半就可以找到这一类的记载。先从荒渺难稽的远古来看：

黄帝母曰附宝，之郊野，见太电绕北斗枢星，感而怀孕，二十四月而生黄帝于寿丘。颛顼母曰昌仆，亦谓之女枢。《河图》云："瑶光如蜺，贯月正白，感女枢于幽房之宫，生颛顼。舜父瞽叟姓妫，妻曰握登，见大虹，意感而生舜于姚墟，故姓姚。"（以上并见《史记·五帝本纪》正义）

禹帝王纪云：父鲧妻修己，见流星贯昂，梦接意感，又吞神珠薏苡，胸坼而生禹。名文命字密。（《史记·夏本纪》正义）

契母曰简狄，有娀氏之女，为帝喾次妃。三人行浴，见玄鸟堕其卵，简狄取吞之，因孕生契。（《史记·殷本纪》）

后稷名弃，其母有邰氏女，曰姜原，为帝喾元妃。姜原出野见巨人迹，心忻然，欲践之，践之而身动如孕者。居期而生子，以为不祥，弃之隘巷，马牛过者皆辟不践。徙置之林中，适会山林多人。迁之而弃渠中冰上，飞鸟以其翼覆荐之，姜原以为神，遂收养长之，初欲弃之，因名曰弃。（《史记·周本纪》）

大业秦之先帝，颛顼之苗裔，孙曰女脩，女脩织玄鸟陨卵，女脩吞之，生子大业。（《史记·秦本纪》）

这都是战国以前的例。至于汉以后，更多得不可胜举了。为节省题外的篇幅，姑举汉朝为例：

汉高祖之母刘媪，尝息大泽之陂，梦与神遇，是时雷电晦冥，

太公往视，则见蛟龙于其上，已而有身，遂产高祖。（《史记·高祖本纪》）

这种传说在中国历史上既然还普遍流行着，何况那宗教情绪较浓的初民社会呢？刚才最后举的一个例提到龙，恰好底下我所要讲的南诏和大理的始祖感生说都和龙有关系。

据《白国因由》上说：金齿龙泉寺下有易罗丛村，村女名茉莉娩，貌端美异常，有蒙迦独娶为妻。后蒙迦独因捕鱼溺死江中。茉莉娩往寻之，见江中有木一根逆流而上，遂惊迷若梦，见一美貌男子与之语，既醒，痛哭而回，后常往龙泉池洗菜浣衣，于池边又见前日梦中男子，是夜忽至房中，因而怀孕。父母责之，茉莉娩诉其故，父母相语曰：此乃池中黄龙也。后生九子。九子既皆长大，一夜黄龙又至茉莉娩家，见其子，与子相戏。茉莉娩因多子为累，拟将诸子送还黄龙。黄龙嘱其送至初会之池侧芭蕉竹林茂密处。一日茉莉娩如约送往，八子皆驾云而起，茉莉娩携幼子仰望云中，见八子皆现龙形。蒙迦独亦化为黄龙，率其八子俯视茉莉娩大吼三声，山川震动，竟飘然而去。茉莉娩携其幼子归，取名细奴罗。

细奴罗幼时即举止异众。其母见邻居不可与共处，移居哀牢山下。又有豪邻名三和者图谋之，有仆波细负幼子避难东迁，开南城居之。及长躬耕养母，娶蒙歘为妻，生子罗晟，娶寻弥脚。一日细奴罗父子往大巍山下耕田，观音至其家化斋，因授记细奴罗使为白国王。事已见前。（截取《白国因由》第七章至第九章）

这段传说完全是从哀牢沙壹的故事演变出来的。《后汉书》卷一百十六《西南夷列传》说：

> 哀牢夷者，其先有妇人名沙壹，居于牢山。尝捕鱼水中，触沉木，若有感，因怀妊。十月产子男十人。后沉木化为龙，出水上。沙壹忽闻龙语曰：若为我生子，今悉何在？九子见龙惊走，独小子不能去，背龙而坐，龙因舐之。其母鸟语，谓背为九，谓坐为隆，因名子曰九隆。及后长大，诸兄以九隆能为父所舐而黠，遂共推以为王。后牢山下，有一夫一妇，复生十女子，九隆兄弟皆娶以为妻，后渐相滋长。

常璩《华阳国志》卷四《南中志·永昌郡》下记载这故事便和《后汉书》稍有出入：

> 永昌郡古哀牢国。哀牢山名也。其先有一妇人名曰沙壶，依哀牢山下居，以捕鱼自给。忽于水中触有一沉木，遂感而有娠。度十月产子男十人。后沉木化为龙，出谓沙壶曰：若为我生子，今在乎？而九子惊走，惟一小子不能去，陪龙坐，龙就而舐之。沙壶与言语，以龙与陪坐，因名曰元隆，犹汉言陪坐也。沙壶将元隆居龙山下。元隆长大才武，后九兄曰：元隆能与龙言，而黠有智，天之贵也，共推以为王。时哀牢山下复有一夫一妇产十女，

元隆兄弟妻之，由是始有人民。

在这里面，“沙壹”变成“沙壶”，“九隆”变成“元隆”，也许是传写的错误。到了元张道宗《记古滇说》、明杨慎的《滇载记》和阮元声的《南诏野史》里，故事的内容就变相多了。《记古滇说》云：

哀牢国永昌郡人蒙迦独娶摩梨羌，名沙壹，居哀牢山。蒙迦独捕鱼，死哀牢山下水中，沙壹往哭，忽见一木浮来，坐其上，平稳不动，遂常浣絮其上，若有感，因生九子，是为九隆。后又产一子，即习农乐。

《滇载记》云：

滇域未通中国之先有低牟苴者，居永昌哀牢之山麓，有妇曰沙壹，浣絮水中，触沉木，若有感，是生九男，曰九隆族。种类滋长，支裔蔓衍，窃据土地，散居溪谷，分为九十九部。……蒙氏始兴，曰细奴罗，九隆五族牟苴笃之三十六世孙也。代张氏立国，号曰封民。蒙氏伪称南诏，实唐贞观三年也。

《南诏野史》云：

按哀牢夷传古传有妇名沙壶因捕鱼触一沉木，感而生十子。

后木化为龙，九子惊走，一子背坐，名曰九隆。又云：哀牢有一妇名奴波息，生十女，九隆兄弟各娶之，立为十姓，曰董、洪、段、施、何、王、张、杨、李、赵。九隆死，子孙繁衍，各居一方，而南诏出焉，故诸葛为其国谱也。（王崧本“南诏历代源流”条）

归纳这几条记载来看，咱们可以指出这个故事的几种演变：（一）在《后汉书》和《华阳国志》里沙壹本来是没有丈夫的，到《记古滇说》里便有蒙迦独做她的丈夫，到《滇载记》里便有个低牟苴做她的丈夫，而且和《白古记》“阿育王第三子骠苴低娶大蒙亏为妻；生低蒙苴，苴生九子，名九龙氏”的传说发生关系。加上蒙迦独就可牵扯到南诏，加上低牟苴就连白国的血缘也找到了。（二）照《后汉书》和《华阳国志》“九隆”原为“背坐”或“陪坐”的意义，《记古滇说》和《滇载记》都以九为数字，所以改“十子”为“九子”以迁就九龙氏之说。但《记古滇说》要和南诏拉上关系，所以在九子之外又添上一个习农乐。（三）《记古滇说》以习农乐为蒙迦独和沙壹直接所生，《滇载记》以细奴罗为低牟苴和沙壹的三十七世孙。两者的世次相差很远。（四）《记古滇说》所谓“蒙迦独娶摩梨羌，名沙壹”，似乎拿摩梨羌当做沙壹的族名。（五）《南诏野史》的记载大致和《后汉书》《华阳国志》相同，只有奴波息的名字和董、洪、段、施、何、王、张、杨、李、赵十姓是从前各书里所没有的。

照这样推寻下来，可以看出这个故事越演变越和《白国因由》接近了，只有“天命细奴罗”的祥异还没加上去。黄元治《大理府志·杂异志》恰好填补了这个空当儿：

> 哀牢蛮蒙迦独捕鱼溺死，妻沙壹往江上哭之。触沉木，若有感而娠，生十子。后沙壹至水涯，沉木化为龙，作人语曰：尔为我生子安在？九子见龙惊走，独少子背龙而坐，龙舐其背。蛮语谓背为“九”，谓坐为“隆”，遂名曰九隆。哀牢山有大妇。生十女，九隆兄弟皆娶之。自是种人滋长，散居溪谷，分为九十九部。后有细农罗者，九隆裔也。当唐贞观年耕于巍山，数有祥异。会白国主张乐进求以诸葛亮所立铁柱岁久剥落，重铸之，因社会祭柱。有大鸟飞细农罗肩上，久之不去。众骇异，谓天意有属。张乐进求因以国让之，遂立为奇王，是为南诏。

到了这里，《白国因由》所记的故事几乎完成了，不过其中还有一个很大的漏洞。细奴罗的建国受封，《记古滇说》和王崧本《南诏野史》都说是唐高宗永徽四年，但张道宗自己却把后汉时代的沙壹当做他的母亲，时代悬隔，岂不自相矛盾？关于这一点杨慎和黄元治把细奴罗的世次推后，总算可以弥缝了，可是还不如《白国因由》索性根据同一“母题”（motif）另造故事，更较妥当。在本节开始所引的故事里，哀牢山变成“金齿龙泉寺下的易罗丛村”，沙壹变成“茉莉姺”，九隆变成九条龙，既然没有时代的限制，那么，就把幼子当做细奴罗也就不至于发生问题了。全篇故事里除去开首的“金齿”两个字和第七章末尾所说的“移居哀牢山下”及“永昌城西有九龙冈”以外，丝毫没有牵涉到哀牢的话。

咱们由这里可以悟出传说的流变性，可以了然传说和历史不同。反过来说，历史上许多冲突矛盾的记载也未尝不可以用传说或神话的观点去解释它。明白这一点，那么，张道宗、杨慎、黄元治把南诏的感龙诞生说附会到哀牢的沙壹身上去，已经多事，若再因为这个附会硬把南诏和哀牢拉上血统，那就更辗转曲解了……

感龙诞生的传说并不限于哀牢有，也不限于南诏有，就近取譬来说，像前文所举的汉高祖，后文所述的段思平，岂不都是从一个“母题”孳衍出来的？况且专就南诏而论，感龙诞生的传说也不限于细奴罗一人。《旧唐书·南诏传》谓细奴罗之父名蒙舍龙，“蒙舍龙者，盖谓蒙舍之龙耳”（用包鹭宾语）。胡蔚本《南诏野史》把蒙迦独改作龙迦独也就是这个意思。又《南诏野史》“景庄皇帝世隆”条云：

> 按成王（昭成王晟丰祐）妃乃渔家女，浴于江，金龙与交，生世隆。七岁开掌，中有“通番打汉”四字。唐武宗发兵四十万取西南，自建昌入。世隆迎于古宗，杀唐兵二十万，于交界处立铜柱。先是唐惧世隆（按，原作“隆舜”，据下文隆舜条“父为唐患”句校改）为患，妻以公主，察其所为。公主以年庚送唐，武宗命太史推之，知其为龙也。（据王崧本）

由此看来，世隆也可以和他的建国始祖细奴罗先后媲美了。

## 三　大理始祖的感生说

感龙诞生的传说既然从哀牢流转到南诏，那么，大理国的段氏要想把他的建国始祖造成一个奉天承运的真龙天子，也非得依样画葫芦地抄袭这一套把戏不可。《南诏野史》“大理国”条记段思平之生云：

> 其母因过江水汛，触浮木，若有感，而娠，生思平，并其弟思良。（据胡蔚本）

大理喜洲镇凤阳村（土名晨登村）三圣灵宫内有明景泰元年庚午（1450）的《三灵庙记》碑，记载这个传说尤其详细，那上面说：

> 院塝有一长者，乏嗣，默祷。其囿种一李树，结一大颗，坠地现一女子，姿禀非凡。长者爱育，号曰白姐阿妹。蒙清平官段宝瑋（包鹭宾疑即《新唐书·南蛮传》之段娗宝，见《民家非白国后裔考》14、15两页）聘为夫人，浴濯霞移江，见木一段逆流，触阿妹足，知元祖重光（按，碑文上半蒙诏阁罗凤之子死后显灵，追封元祖重光鼎祚皇帝）化为龙，感而有孕。将段木培于庙庭之右，吐木莲二枝。生思平、思胄（按，原碑如此，不知何字。诸书皆作思良），号先帝、先王。思平丁酉立位，国号大理。建灵会寺。追封母曰天应景星懿慈圣母。重创三灵庙。世传三十五代，

凡三百九十一载。[按，《南诏野史》“晋天福二年（937）段思平开国至宋理宗宝祐，元年（1253）元世祖灭段氏，段氏据云南共二十二主三百十六年”。王崧注“按，自后晋高祖天福二年丁酉至宋理宗淳祐十三年癸丑改元宝祐，共三百十六年。《滇载记》作三百五十年误。大理作三百十五年，盖除见灭之年不计耳”。计自思平至兴智凡二十四传，自段实至段明又十一传，则碑文所谓三十五代不误，惟自宝祐元年至明洪武十五年壬戌（1382）段氏亡，应为一百二十九年，并前三百十六年计之共为四百四十五年，碑文所谓三百九十一载，不知何据。]

照这段记载来看，不单整个的传说和细奴罗的诞生出于同“母题”，甚至把段氏的血统也和蒙氏拉上关系了。

## 四　猴儿换太子

在《三灵庙记》上面另外还载着一个有趣的故事说：

按白史自唐天宝壬辰（752）蒙诏阁罗凤神武王时肇兴神迹，至灵至圣。其一灵乃吐蕃之酋长，二灵乃唐之大将，三灵乃蒙诏神武王偏妃之子也。厥诞生时，中宫无出，阴谋以猴儿易而废弃，埋于太和城之道旁。密遣侍女夙夜视之。冢生一苇而畅茂。群毕往复，有一猳牯先来爱护。一旦斑犊忽食之。女遂报于中宫。宰犊剖腹，出一男子，被戴金盔甲，执剑恨指，腾空而北往吐蕃。后率兵伐太和，至德源城，蒙诏乞和而归。后同二将复举兵至摩用，大战弗克，回至喜洲，赤佛堂前三将殒命。乃托梦院塝耆老曰：若立庙祀享，能通水利，除灾害。遂定星揆日，不月而庙宇成焉。由是雨旸时若，五谷丰稔。每于四月十九日阖郡祈告。迄异牟寻孝桓王追封，号曰元祖重光鼎祚皇帝、圣德兴邦皇帝、镇子福景灵帝。

这件事《记古滇说》《滇载记》《南诏野史》《白国因由》等书都没有记载，所谓《白史》大概也就是《白古通》。按，《南诏野史》阁罗凤的儿子叫做凤伽异，曾与段俭魏败唐将鲜于仲通兵于洱河，又筑省城，破曲靖，未立而死，另外就没有什么事迹了。这个传说和狸猫换太子的故事出于同一“母题”。狸猫换太子的故事，在元人所作《金水桥陈琳抱妆盒》杂剧里只说：宋真宗的李美人生了太子后，刘皇后怕夺了她的宠，秘遣宫女寇承御将太子诓出西宫，害死后丢在金水桥下。承御抱太子至金水桥侧，不忍下此毒手，正踌躇间，恰好穿宫内使陈琳奉敕抱黄封妆盒过此，欲到后花园采取时新果品，给楚王赵德芳上寿。二人遂设计藏太子在妆盒里，救之出宫，隐藏于楚王府。十年后，太子继真宗登极，是即宋仁宗，这时寇承御已被刘皇后拷毙了，仁宗询陈琳，备得其情，乃奉李美人为纯圣皇太后，封陈琳为保定公，追封寇承御为忠烈夫人。这个故事演变到《龙图公案》和石玉昆原本《三侠五义》里，便加入拿狸猫剥皮掉换太子，诬李妃产生妖怪一段，再变到海派的胡闹戏，越发乱七八糟不知所云了。论故事的时代是猴儿换太子在前，可是，论它们发生的先后，也许狸猫换太子的传说已经深入民间，这段故事才模仿着孳衍出来的。这一点还得靠继续获得新材料来证实。

## 五 望夫云

这是一段很香艳的传说。据黄元治《大理府志》卷三十《杂异志》云：

> 俗传昔有人贫困，遇苍山神授以异术，忽生肉翅，能飞。一日至南诏宫，摄其女入玉局峰为夫妇，凡饮食器用皆能致之。后问女，安否？女曰：太寒耳。其人闻河东高僧有七宝袈裟，飞取之。及还，僧觉，以法力制之，遂溺死水中。女望夫不至，忧郁死，精气化为云，倏起倏落，若探望之状。此云起，洱河即有云应之，飓风大作，舟不敢行，人皆呼为望夫云，又呼为无渡云。

又周宗麟《大理县志稿》卷三十二杂志部古迹类，也记载这个故事说：

> 俗传蒙氏时有怪，摄宫中女，居于玉局峰巅。女所欲饮食，怪给之不绝。因山高候冷，女苦之，与索衣。怪慰之曰：河东高

僧有一袈裟，夏凉冬暖，可立致。遂夜至洱河之东罗筌寺，将袈裟盗出，僧觉之，以咒压怪，溺死寺西水中，化一大石坪，俗称石骡子。女望之不归，遂郁死，精气化为云，名望夫云。每每岁冬云现，即大风狂荡，有不将海中之石吹出不止之势。航渡者皆苦之。非情非理不经之谈也。

这段传说姑且不管它有没有情理，单就故事的本身说却颇有文学的韵味，所以文人墨客往往喜欢形诸吟咏。例如邑人沙琛《颠风频日望夫云起七古》云：

缫车圜转丝抽水，雌龙梦断云窝靡。俯身东望喔天鸡，曈曈日射贝宫紫。毗蓝噫气云乱呼，直撇涛山见海底。黄姑织女河东西，盈盈咫尺甘分携。嗔痴小婢情凄迷，望夫云起青天低。一声响应石龙子，扬沙走砾无端倪。点苍濛濛青弄色，冰封雪沍藏花密。园林桃李满空飞，星斗朱幡遮不得。喈喈危巢望岁氛，知风知雨不知云。吹花擘桃曾何惜，懊恼停舟欲济人。（《大理县志》稿卷三十艺文部）

又赵廷玉《咏望夫云七律》云：

一缕浮云几度秋，坚心常注海中沤。浪沧涛打蛟龙窟，绰约

神明水月楼。卷地难平千古恨，回峰又锁百重忧。可怜夫婿无消息，空抱情根护石头。（同上）

最近腾越赵诚伯欲谱此事为望夫云传奇，儒将风流，颇有骚人的情致。

如果分析故事的来源，咱们可以说：“河东高僧有七宝袈裟”和“河东高僧有一袈裟，夏凉冬暖”云云，是从“饮光迦叶守佛衣以俟弥勒”的佛教故事演变来的（事见《白国因由》卷首和李元阳《鸡足山记》）。现在鸡足山上的传衣寺和袈裟殿，都和迦叶传衣的掌故有关。至于望夫云起何以紧跟着就飓风大作呢？这从气象上也可以得到解释，因为在苍山顶上如果有云作探望之状，那就可以表现隔山的冷空气渐渐侵过来了，两方面空气的冷热既然不平衡，当然会因交流而起大风。这种现象，常在洱海弄舟的渔夫或梢（艄）公都可以凭经验知道它的因果关系，正如常人知道“月晕而风，础润而雨”一样。不过他们只能知道当然而不能知道所以然，勉强要找到一种解释，在初民社会里充斥着泛灵的（Animistic）思想，自然而然地就构成这个怪异的传说了。

## 六　余论

除去这几桩故事以外，像火把节传说里关于曼阿娜妻阿南和宁北妃慈善的故事，都是很有趣的，因为游国恩先生已经有一篇详细考证，这里就不再赘叙了。总之，我们研究民间故事和传说，应该注意它发生的背景、反映的事实和孳衍的转变，然后才不至于沾滞拘泥被故事给束缚住。像上文所引黄元治争论观音现身大理的年月先后那一段话，就是不能了解传说性质的一个例。至于他对于“龙子九隆”所提出的疑问，那就更可笑了。他说：

> 感龙生子，古今有之。然岂能一乳生十子乎？或是沙壹先后生十子，独九隆一人是龙种耳，故曰少子也。否则哀牢十女，亦岂触龙而产于一乳，遂年纪之相匹乎？（《大理府志》卷三十《杂异志》“龙子九隆”条自注）

像这样的怀疑，我觉得还不如老老实实地保持“知之为知之，不知为不知”的态度比较好得多！

1942 年 12 月 6 日写于昆明青园